僕専用ハーレム女子寮と

秘蜜の性教育

プロローグ

「やっと、たどりついた。けど……」

固く閉ざされた門扉《もんぴ》の前で、空也《くうや》は呆然と立ち尽くしていた。

「入れないよな。これじゃ」

あたりはすっかり暗くなっていて、鉄製の門扉の大きく開いた隙間から、目的の建物と暖かな灯《あか》りが垣間《かいま》見えた。

そこは、私立悦愛《えつあい》学園中等部の女子専用寮――桃鷺《ももさぎ》寮だ。

伝統的な女学園の寮らしい流麗《りゅうれい》であでやかな門扉のデザインも、今の空也にとってひどく場違いで、拒絶されている感じがした。

空也は背の高い塀で囲まれた敷地のまわりを歩いて、出入り口らしい場所を探す。

(夜、女子寮のまわりをうろついてるなんて、完全に不審者だよな。さっさと中へ入らないと……)

彼——九頭竜川《くずりゅうがわ》空也は、保健体育科の新米教師だ。

地元で名門として知られる悦愛学園に採用されて、ずっと憧れていた教職につくことができた。同時に中等部女子寮の管理人に任命されて、この女子寮に住みこみで生徒たちの監督に当たることになったのだった。

そのことを聞いた先輩教師は同情に満ちた声をかけてきたが、空也自身は女子寮の管理人がどんな意味を持つのか、まったくわかっていなかった。

(……裏口は、開いてるみたいだ)

塀沿いに敷地をぐるりと歩いて、ゴミ捨て場と裏口を見つけた。彼はそこから敷地内に入ると、ちょうど建物の裏側に出たらしい。

(ん、ドアが半開きで、無用心だな……)

漏《も》れる灯りに吸い寄せられて、空也はドアに近づき、中を覗いた。

そこには立派な木製の棚が備えつけられていて、無数の脱衣カゴが置いてあった。

(……あれ、ここって?)

脱衣カゴだとすぐわかったのは、畳まれた衣服が入っていたからだ。

華やかな色あいの上着にスカート、明らかに女の子のものらしいポーチや小物、派手にデコレーションされたスマホもあった。

いくつかのカゴの端には、中学生らしい愛らしさと色っぽさの同居したショーツやブラが乱雑に引っかかっていた。

本能に抗《あらが》えず、もう少しドアを開く。

そこで目に飛びこんできたのは、幾人もの女子中学生たちのナマ着替えだ。

抜けるように白く清らかな肌が、しなやかな手つきで少しずつ露《あらわ》になっていく様を、空也は息を呑んで見守ってしまう。

(こ、これは……!?)

マズい状況だとわかっていても、脱衣中のＪＣたちから目が離せないでいた。蕾《つぼみ》が花開く瞬間のような、移ろいゆく儚《はかな》げな美に空也は魅せられてしまっていた。

ひりつくような危うさを覚えつつも、清らかな磁力に引かれて、そこを離れることができない。

「え、誰……？」

空也の足音に気づいたのか、その中の一人がドアの隙間から凝視してきた。

固まった着替え中の女子に対して、空也は敵意がないことを示すように、片手をあげて微笑んで見せる。

しかし、それが均衡《きんこう》の破れるきっかけとなった。

「きゃあああぁあぁぁ――――ッ!!」

鼓膜をつんざくような叫びで、複数の女子中学生たちが空也に気づいた。

「外に男がいるわ。ドアのところっ！」

「いやぁああぁーッ！　どっか行ってよ!!」

連鎖的に悲鳴があちこちからあがる。

同時にシャンプー、リンス、コスメポーチ、洗面器、脱衣カゴ、ドライヤーに、果ては鋭利《えいり》な剃刀《かみそり》まで――脱衣所のあらゆる物が空也めがけて飛んできた。

「いやっ、ち、違うから……んぶぅ、怪しいものじゃ――あぐぅッ……！」

宙を飛んできた化粧水のガラスボトルが顎を直撃して、そのままドアのところで尻餅をついてしまう。

「怪しさ丸出しじゃない！　なに、バカなこと言ってんの、コイツ」

「脱衣所のドア開けて、堂々と覗きなんて。いい度胸してんじゃん！」

「生徒会長、呼んできて！　みんなでボコボコにしてあげるっ」

デッキブラシやモップ、水切りワイパーを武器のようにかまえた女子中学生たちが次々と集まってくる。

そうした中で、ただ一人、手に獲物を持たない女生徒がいた。

彼女は理知的な縁なし眼鏡の大人びた雰囲気で、発達しきったグラマラスな肢体《したい》を艶《なまめ》かしい下着に包んだまま、臆することなく近づいてくる。

歩《ほ》をゆっくりと進めるたびに、高く張った乳房に、むっちりと盛りあがったヒップが量感をアピールするように大きく揺れた。周囲からは完全に浮いた雰囲気は、とうてい中学生とは思えない。

腰まで伸びた黒髪があでやかな光沢を放っていて、身体の前にかかったそれを彼女が手櫛《てぐし》でかきあげると、細くしなやかな髪の束が後ろへ流れていく。細い首のラインがちらりと覗いて、ひどく色っぽかった。

成熟した色香と、スマートな眼鏡のよく似合う知性溢れる顔立ち。それらが彼女の持つ女の魅力をいっそう強く引き立てていた。

「あなた……いったい、どなたですか？　やはり痴漢のかた……？」

少々事務的で堅い口ぶりだが、敵意はなさそうだ。

「違う、誤解だ。ちょっと話を聞いてほしいんだ」

女子中学生寮に男が一人。状況は誰がどう見ても痴漢だ。自分でもわかっていたから、歯切れが悪かった。

「いやいや、全然違わないし。アンタ、マジで寝ぼけてんの？　覗きの現行犯で、明らかギルティじゃん！」

快活《かいかつ》そうなショートヘアで、髪をブロンドアッシュに染めたギャルがスマホを向けてくる。同時にカシャカシャとシャッター音が響いた。

「証拠もばっちり。ついでに動画でも撮っといてあげる。絶対、裁判で有罪だから。もう観念しなさい。今すぐケーサツ呼ぶから、もう逃げらんないよ。これで一生、刑務所暮らしね♪」

ニッと小悪魔のような笑みを浮かべる少女。唇の端に覗いた白い歯が愛らしい。

「いや、別に覗きぐらいで、一生、刑務所はないと思いますよ。凜々菜《りりな》先輩」

脇の黒髪の眼鏡女子が、冷静にショートヘアのギャルに突っこむ。

「ああ、もうっ……絵理沙《えりさ》っち、いちいち細かすぎっ。こんなゲス野郎はこれぐらい脅しとくのが、いいんだってば！」

二人が言いあってるスキに、空也は開いたドアから、そろそろとあとずさる。

「くそ……せっかく教師になったんだ、こんなところで捕まってたまるかよっ！」

すぐさま立ちあがると、空也はその場から逃げだそうとした。だが、近づいてきた生徒と身体が接触してしまう。

「あんっ、痴漢さん！　逃がさないです！」

腰にぎゅっと抱きついてきたのは、小柄な生徒のようだ。

ふわふわに広がったツインテールを愛らしく揺らしながら、必死に抱きついたままで、空也を制止しようとする。

「やるじゃん、響《ひびき》っち。そのまま、押さえといてっ」

先ほどのギャルの声が後ろから飛んできた。

「なにしてるんだ。ほら、どかないかっ！」

「いえ、どきませんから。あうう、ぐす、ぐすっ、ボクだって頑張れます。みんなの力になれるんです……えう、えうう……」

ツインテールの子は半べそをかいていて、力も大したことはなさそうだ。だが、無理やり払いのけると怪我しそうで、空也はどうにも躊躇《ちゅうちょ》してしまう。

「え、なにやってるの、お、お兄――!?」

聞き覚えのある声に呼びかけられて、空也は驚いて前を向く。

数人の女子生徒の先頭にいたのは、義理の妹の紘香《ひろか》だ。

「あ……この学園にいたのか。事情を……あぐぅ…っ……」

紘香は無情にもモップで空也の口を封じてしまう。

「あはっ、紘香っち、ナイス！　ほら、響っち、離れてっ！」

後ろから先ほどのギャルの声がしたかと思うと、

「たあああぁぁ——ッ!!」

けたたましい掛け声とともに、背中をしたたかに打ちすえられた。

「あいたっ……だ、だから話を……ううっ……」

さらにいくつもの長物で身体を完全に押さえこまれて、空也は問答無用とばかりに覗きの現行犯で捕縛《ほばく》されてしまうのだった。

＊

女子生徒たちに捕まって散々尋問《じんもん》された末、携帯していた悦愛学園中等部教師の身分証を見せて、空也はようやく彼女たちから解放された。

生徒たちに新しい教師兼管理人がやってくると、すでに周知されていたことも大きかった。

「きゃはははっ、ごめんね～。まっさか、先生だと思わなかったからぁ」

朗《ほが》らかそうに笑うのは、三年生の綾峰《あやみね》凜々菜。空也を覗きの現行犯で警察に突きだすと発言した、気の強そうな女子だ。

彼女が新たな住居兼職場である、女子寮の管理人室前まで連れてきてくれた。

「は〜い、到着っ。お兄さんの部屋はここっ♪」

「いや、お兄さんじゃなくてさ……」

「あ、そっかぁ、先生だもんね。苗字は、ええと、きゅうあたまりゅうかわ……う〜ん……」

空也のカードを見ながら、凛々菜は一生懸命、考えこんでいた。九頭竜川が読めないらしい。やがて、諦めたらしく顔をあげて、こちらを見る。

「マジ長くて、わけわかんないし。シンプルに下の名前で、空也っち先生。それで決まりっ！」

「それは……俺、仮にも教師なんだけど……」

「でも、覗き魔で、有罪じゃん。証拠の動画に、写真だってあるし。きゃははっ、お兄さん、ちょっと勘違いしすぎっ！」

痛いところを突かれて、空也はなにも言えなくなってしまう。

「んじゃ、そーゆーことで。いろいろ、よろ〜♪」

凛々菜はいたずらっぽく微笑んでから、その場を立ち去るのだった。

彼女の後ろ姿を眺めながら、あらためて弱みをしっかりと握られてしまったことを自覚させられた。

空也が管理人室に入ると、そこは事務スペースで、机の上にパソコンが置いてあった。脇のガラス戸の向こうは玄関で、来客や女生徒の出入りがわかるようだ。

奥の部屋は畳敷きで、居住スペースらしい。そこへ荷物を置くと、空也は椅子に座って、備えつけのパソコンに電源を入れた。

同僚教師から業務の引継ぎメールがすでに届いていて、女子寮生たちの校則違反などの問題行動がずらずらと並べられていた。

(……これは、想像以上だな)

門限破りに、外泊、ネット副業、学園施策に反対の立て篭《こ》もりまで、反社会的集団というわけではないが、従順とはほど遠く、イヤがる教師が多いのも頷《うなず》ける。

確かに髪を染めていたり、薄化粧の生徒も多いようで、伝統ある女学園とは思えないほどの自由さだ。他の通学生を見る限りはおとなしそうな印象だったので、女子寮生に顕著《けんちょ》なのかもしれない。

(体つきも大人っぽいのが、何人もいたよな、確か……)

脱衣所での夢のような光景を思いだして、空也はあそこを少し硬くしてしまう。性に奔放《ほんぽう》な女生徒が多いと、申し送りに記載されていて、それも気になった。

あれほど大人びた雰囲気で積極的に迫られてしまったら、今の空也に耐《た》えられる自信はない。

(……俺、もしかして、とんでもないところに来たのか)

空也はメールを確認しながら大きくため息をつくと、椅子にもたれたままで後ろへ大きく伸びをした。

「えへへ。お兄ちゃん、お久しぶり～」

上を向いた空也の視界に入ったのは、義理の妹・観月《みづき》紘香の顔だ。

綺麗に切りそろえられたセミロングの髪が内向きにゆるやかなカールを描いていて、それが空也の顔にさらさらと落ちかかってくる。

「ひっ、紘香っ……急に出てきて、驚かせるなよ!?」

「驚いたのは、こっちよ」

紘香は不満げに口を尖らせる。そのクセは昔から変わっていないらしく、妙に懐かしい。彼女に会うのは三年ぶりで、昔の面影《おもかげ》を残しながらも少し大人になった印象だ。

瞳はくりくりとしていて愛らしく、ふっくらと妖《あや》しく膨らんだ唇は艶かしさを感じさせる。子供とも大人とも言いきれない、中学生らしい絶妙なバランスの上に成りたった蕾が花開く頃合いの魅力があった。

「お風呂場で痴漢騒ぎだって言うから駆けつけたら、お兄ちゃんがいるんだもん。心臓、止まりそうになったわよ」

「それは悪かったな」

空也と紘香は互いに親の再婚時の連れ子だ。そのときの紘香はまだ赤ん坊で、以来ずっといっしょに暮らしてきたから、彼女のことはよく知っている。三年前の両親の離婚で苗字こそ変わってしまったが、空也は今でも紘香を実の妹のように思っていた。

「でも、紘香がこの学園にいるなんてな、全然、知らなかったよ。懐かしいな」

「ちゃんと懐かしがってくれるんだ？　三年間、連絡ゼロだったくせに」

「まあ……なんか、そういうの苦手でさ……」

「ふ～ん、別にいいけど」

紘香は不機嫌そうに言う。

「で、連絡のいっさいない薄情なお兄ちゃんに、お願いがあるんだけど……」

紘香は椅子の背もたれを摑みながら神妙《しんみょう》そうな表情を見せると、その顔をぐっと近づけてくる。

「なんだよ、お願いって。ちょ、ちょっと近いって……」

かすかな呼気が鼻先をくすぐってきて、距離の近さをますます意識した。ぱちぱちと彼女がまばたきするたびに、その睫毛《まつげ》の長ささえ気になってしまうほどだ。そうして繊細な髪先が空也の額に擦《す》れるたび、女子中学生らしい甘い香りが漂《ただよ》ってきた。

「私とお兄ちゃんが義理の兄妹だったってこと、みんなには言わないでほしいの。このことは秘密にして」

「それは……苗字も違うし、黙ってたらバレないとは思うけど。そんな隠すほどのことか？」

「だって、痴漢容疑の教師が義理の兄でしたなんて、私、本当にイヤだもん。三年生で、生徒会長だし、立場ってものがあるじゃない」

「……まあ、そうかもしれないけど。俺をフォローしてくれるとか、そういう考えはないのか」

「私、まだ十五歳だから。そんな大人みたいな配慮、求めないで。とにかくお兄ちゃんとの関係は秘密よ！　わかった!?」

空也との関係がバレるのはイヤなのか、紘香は強硬《きょうこう》に迫ってくる。

「ね、誰にも言わないって、約束して。もし、してくれないんなら――」

紘香は残酷な笑みを口元に浮かべて、椅子を背もたれごと後ろへ傾けていく。

「やめろって、後ろに倒れるだろ。紘香も危ないぞ」

少しずつ傾斜が大きくなって、さすがに空也も慌ててしまう。

「約束して。誰にも言わないって……こ、これ以上っ、私、支えられないよ」

つらそうな紘香の声に本気を感じとって、空也は即座に返事した。

「わかった、約束するから！　だから、もうやめなさいっ」

「じゃあ、約束だよ。お兄ちゃん」

にこりと微笑むと、紘香は傾けていた椅子のポジションを元に戻した。

「ふぅ～っ、無茶するなよ。あのまま倒れてたら、紘香まで怪我してたかもしれないんだぞ」

空也は彼女のほうに向き直って、軽く睨《にら》みつけた。が、効果はまったくなさそうだ。

紘香はケロりとした顔で続けた。

「あ、紘香って呼びかたも変だから、苗字でね。私も九頭竜川先生って呼ぶから」

「……わかったよ。観月で、いいんだな」

「うん、それでお願い。あとは、私が来たのはそれだけじゃないよ。今、中等部の生徒会長で、寮長も兼任してるから、九頭竜川先生に寮のこと説明に来たんだよ」

「そっか、助かるよ。ありがとう」

そう空也が言うと、紘香は顔を真っ赤にして脇を向く。

「あらたまってお礼言われると、なんか照れちゃうな。これが寮長の仕事だもん。えぇと、まず寮内の鍵は後ろのキーボックスに全部入ってるから。マスターキーもそこ。寮内のたいていの扉が開けれちゃうから、絶対なくしちゃダメだからね！　で、設備関連のことだけど――」

話の流れで、紘香はそのまま自動火災報知機や館内の放送設備など、管理人室の壁面に備えつけられている機器の説明を始めた。聞いている空也のほうは、久しぶりに見る義妹の成長した姿に気をとられて、内容はほとんど入ってこない。

紘香はTシャツに黒スパッツというラフな姿だ。

彼女が動きまわるたびに、バストのほのかな張りだしに、腰からお尻にかけての優美なラインと、成長途上の女の子らしい控えめな身体の起伏《きふく》が見てとれた。

特にスパッツに包まれた下腹部から太腿にかけては、女子中学生らしい均整の取れた細さと、艶かしい肉づきが絶妙に居合わせていて、これ以上ないほど扇情的《せんじょう》な官能美を放っていた。

紘香の動きにあわせてTシャツの裾が翻《ひるがえ》って、伸縮性のある素材でぴっちりと包装された股間の様子がチラりと見えた。

空也は義理の妹だということも忘れて、紘香の無防備な姿に視線を奪われてしまう。スパッツ生地が薄く張りついた内腿から股座《またぐら》にかけての生々《なまなま》しくも、清らかなラインにすっかり魅了されていた。加えて、彼女が少し動くだけで薄い股布が引っ張られて恥丘のかすかな膨らみや筋が強調される。その眩《まぶ》しい光景に注意が奪われた。

紘香の説明は完全に上の空だ。

「……それで、このマイク設備、各階ごとに放送できるんだけど、もし一番左のスイッチ入れちゃうと、全館放送だから注意して——って、聞いてる、お兄ちゃんっ!?」

「あ、うん。聞いてるよ」

「本当？　だったらいいけど。よくやっちゃうのよ、身体が当たったりして……」

「大丈夫だって。設備自体はどこにでもあるし、わかると思うよ」

生返事をしながら、紘香のすらりと伸びた下肢を注視する。

優美な脹《ふく》らはぎの曲線から括《くび》れた足首まで、小さな頃の紘香とは違う、成長途上の少女の花開く瞬間の美しさがあった。空也は下半身に血潮の滾《たぎ》りを感じながらも、そこから視線を外すことができないでいた。

「ちょっと、私の脚、ガン見しすぎだってば……」

「いや、大きくなったなって思って。最後に会ったときは小学生だっただろ？」

「なに、ごまかそうとしてるの!?　大きくなってるのは、お兄ちゃんのアソコのほうよね。はぁ〜っ、最低っ！」

「いや、これは生理現象だから……ううっ……」

紘香の鋭い指摘になにも言い返せず、空也は黙りこんでしまう。

「別にいいけど。紅茶でも淹《い》れるから、それ飲んで、落ち着いたら」

そう言うと、紘香は管理人室奥の座敷へ上がる。前任者が置いてあった紅茶やコーヒーがあるのだろう。

「……はぁ〜っ。どうして、ウチの寮に来ちゃうのよ、お兄ちゃん」

奥から物音とともに、紘香の独り言が聞こえてくる。

「……男に飢《う》えたＪＣのこと、わかってるのかなぁ……けど、そっちのほうが、私にとっては……」

漏れ聞こえてくる言葉から、だいぶウザがられているのはわかった。

（……久しぶりの再会なのに、冷たいよなあ。でも年頃の妹って、こんなもんか。まだ中学生だもんな）

空也は少しショックを受けつつも、椅子に座ったままで仕事のメールを返すことに没頭した。

やがて、紘香が温かい紅茶を持ってきてくれた。

それを飲みながら、彼女の他愛ない学校の話や勉強のことを聞く。

「けど、紅茶を進んで淹れてくれるなんて、紘香も大人になったよな。やっぱり小学生じゃないいんだよなぁ」

「当たり前じゃない、中学生といえば、身体はもう大人なのよ。お兄ちゃんだって、そのことわかってるから、私のお股のところ、ガン見してたのよね」

脇の小さな腰掛けに座った紘香は器用に両足を空也へ伸ばしつつ、Tシャツの裾をわざとらしく捲《まく》って見せる。

なま白く清らかな太腿から、スパッツ生地のフィットした股間部までが大きく露出して、ひどく艶かしい。特に鼠径《そけい》部あたりは伸縮素材にぴったりと覆われていて、恥丘の柔らかそうな膨らみや秘裂の筋がくっきりと描きだされていた。

からかわれているのはわかっていたが、それでも彼女の股根《またね》のあたりへ淫らな視線を向けてしまう。

「だからぁ、見すぎだってば……」

舌をちらりと出して、紘香は悪戯《いたずら》っぽく微笑む。そうして伸ばした生足の先で、空也のズボンの内腿を撫でていく。

それは次第に前へ進んで、股間のあたりを妖しく刺激してきた。

「こ、こらっ、なにしてるんだ!?　ふざけるのはいい加減に、ん、んんっ……」

「ふざけてるのは、どっちよ。さっきからズボンの前をパンパンに膨らませて。なに言っても説得力ゼロだから」

紘香は瞳にサディスティックな色を浮かべつつ、清らかな足先を股のあたりで妖しく跳ね躍らせた。すでに硬くなっていた竿先が布地越しに幾度も擦りたてられて、さらに足指の爪先でカリカリと責められる。

「あんっ、もうガチガチで、信じられない。エロいお兄ちゃんだとは思ってたけど、覗きだけじゃなくて、管理室で勃起だなんて。ありえなさすぎ」

そのまま足を股間の奥へ潜りこませて、下から陰嚢をぐりぐりと圧迫してきた。

「でも、これ、なんか……おかしくて……紘香に足で触れられる前から、大きくなってて……あう、あううっ……」

空也は内心、訝《いぶか》しく思いながらも、猛《たけ》り狂う屹立に戸惑ったまま、紘香のペースに乗せられてしまっていた。

激しい高揚《こうよう》感に理性は溶かされて、股間を紘香の足責めに委《ゆだ》ねてしまう。

「ね、このままだと勃起しちゃったアレ、おさまんないよね？　だったら、私が抜いてあげよっか？」

「え、なに言いだすんだよ、急に」

「だってさ、昔、私に教えてくれたよね。一回、完全におっきくなったら、抜かないと元に戻らないって」

「え……そんなこと……言ったかもしれないけど……」

紘香が小さいときにオナニーを覗かれて、とっさに口走ったような気もする。昔の言い訳めいたウソがいまだに信じられていると知って、妙に気まずい。

そんな空也の気持ちを知ってか知らずか、紘香がずいと身を乗りだしてくる。

「だ、だからっ、私が手でしてあげるって、言ってるの。これ以上、恥ずかしいこと、言わせないでよねっ！」

「じゃ、じゃあ……た、頼もうかな……」

真っ赤になった彼女の迫力に負けて、空也は義妹の手コキを受けることになった。

一連のやりとりの間にも、ペニスはさらに雄々《おお》しくいきり勃《た》っていて、ズボン生地が裂けんばかりに、しっかりとテントを張っていた。

「じゃあ……い、いくわよ……」

紘香がチャックを下ろすと、そそり勃った怒張は勢いよくズボンから飛びだした。

「すっごい勃起ぶり……男のヒトのって、こんなにすごいんだ……」

興奮のあまり息を乱しながら、屹立に手を這《は》わせる。

彼女のしなやかな細指が切っ先に軽く触れただけで、空也は呻《うめ》きをあげそうになる。

それでも義妹の手前、必死に堪《こら》えた。

最初はこわごわと雁首の先や張ったエラを撫でているだけだったが、紘香は次第に大胆さを増して、竿胴へ手指を絡ませてきた。そうして軽く陰茎に手を添えたまま、上下に大きく滑らせていく。

「ね、こんな感じかしら？　どう、お兄ちゃん。ちゃんと気持ちよくなってる」

気分の高揚のあまりに紘香の頬は桜色に染まって、瞳はかすかに濡れていた。

「ああ、大丈夫だよ。まさか紘香にしてもらうなんて……」

「それは、私のセリフだって。お兄ちゃんのアレ、シコシコしちゃってるなんて、信じられない……」

紘香は脇に椅子を寄せて、空也に身体をもたせかけながら、手コキでの奉仕を続けてくれた。

ぎこちなかった手の動きもだんだんとスムーズになっていき、空也は彼女の体温を感じながら、その幹竿をさらに大きく、硬くした。

「ほら、私の手でもっと気持ちよくなって……」

紘香は夢中になって剛直を責めたててくる。手首のスナップを利《き》かせた巧《たく》みな手コキはとうてい、初めてのそれとは思えない。もしかすると彼女は妄想の中で何度もペニスをしごいて、イメージトレーニングしていたのかもしれない。流しこまれる甘美な摩擦悦に、空也もうっとりとなって、その身を任せてしまうのだった。

義妹の清らかな手が股間で淫らに戯《たわむ》れるたびに、射精欲求が膨れあがっていく。肉棒は妖しく律動して、先端からはカウパーが溢れた。

「お兄ちゃんのこれ、ますます熱くなってきて、すごい……それに、お汁も止まらないよぉ……」

熱にうかされたような陶然《とうぜん》とした面《おも》持ちのまま、空也の怒張に熱い眼差しを注《そそ》ぎつつ、巻きつけた指先をいやらしく滑らせる。

「あんっ、男のヒトのもの、こんなにエッチだったなんて、知らなかった……」

トロトロと鈴口から溢れだす先走り液を亀頭に塗りひろげながら、紘香はさらにねちっこく屹立をしごきたてつづけた。

初めて触るペニスに圧倒されながらも、紘香は手筒を大きなストロークで昇降させていく。そのたびに我慢汁でコーティングされた雁首と手指は淫らに絡んで、ぬちゅぬちゅと艶かしい濡れ音を響かせた。

「くっ、くぅッ……紘香っ、それ以上されたら……もう少し、て、手加減してくれって……」

「だ〜め、お兄ちゃん、すっごく気持ちよさそうだし、このまま抜いてあげるね」

紘香の手がさらにすばやく上下して、そり返った雄根を甘く蕩《とろ》けさせてくる。指の腹がエラを撫であげるたびに、快美の炎が背すじを炙《あぶ》った。

「とにかく……あう、あうう……」

空也の抗議は、生々しい義妹の手淫の悦楽で封じられてしまう。

「エッチなお汁、だらだら垂れ流して。もう少しでイっちゃうんだよね。ほらほら、このまま出しちゃっていいよっ」

「ううっ、やめろって。やっぱりここで出すのはマズいだろ」

「大丈夫だって。今なら、誰もいないから」

そう言われて空也は外を見た。ガラス戸の向こうは吹き抜けのロビーで、幸い誰もいない。

だが多くの女生徒が暮らしている寮だ。誰かが突然やってきても不思議はない。

そう思い至ると、管理室内に響く紘香の生々しい手コキの粘音がいっそう大きく、卑猥なものに感じられてしまう。

「やっぱり、いいよ。ほら、俺、一人でも抜けるからさ」

「女子中学生にここまでさせといて、なに言ってるのよ。私が最後まで、面倒見てあげるから」

紘香は手の動きを止めると、そのまま空也の足元に跪《ひざまず》くと、悠然《ゆうぜん》と聳《そび》えた逸物に顔を近づけて、まじまじと見た。

「そばで見ると、やっぱり大きい……ごくっ……早く抜かないと、本当に誰か来ちゃうかもしれないし……」

彼女の熱と吐息をいきりの先に感じて、空也はさらに竿胴をキツくそり返らせた。痛いほど張り詰めた亀頭は刺激に飢えて、さらに我慢汁をトプトプと零《こぼ》す。

栗の花に似た濃厚な香が立ちこめる室内で、紘香は大きく深呼吸して、艶かしい香気を堪能《たんのう》しているようだ。

瞳を熱く蕩けさせた義妹の淫蕩な姿に、空也は我を忘れ、竿先を彼女の頬へ幾度もすりつけてしまう。

「あんっ。ちょっと……オチ×ポ擦りつけられたらぁ、私、ますますエッチな気分になっちゃって……はぁはぁ……」

忙《せわ》しなく吐かれた呼気が雁首にねっとりと絡んで、雄根全体を甘く溶かしてくる。空也の理性はどこかへ吹き飛んで、欲望のままに紘香の顔面へ屹立を擦りつけた。そうして彼女の美貌《びぼう》の、柔らかな感触と起伏のもたらす愉悦を貪《むさぼ》ってしまう。

「あぶぅ、はぶぶぅ……ちょっと、待ってよぉ……」

「そう言われても、もう我慢できないって。くう、くううっ」

昔から知っている妹の頬や鼻先が切っ先に押されて形を変え、塗りつけられたカウパーで濡れ光るたびに、妖しい昂《たかぶ》りを覚えた。

「そんなに焦《あせ》らなくても、抜いてあげるから……ええと、く、口でしてあげるね。はふ、あふぅ……」

紘香は耳まで真っ赤にしながら、雄槍の柄をそっと握って、その穂先へ唇を近づける。そうして、んちゅぱっ、と淫らなキスをした。

「んふぅ……お兄ちゃんの唇より先に、オチ×ポとキスしちゃった。でも、唇同士じゃないし、ノーカウントだよね……」

一度キスして、モラルのたがが外れたのか、紘香は幾度も繰り返し、亀頭へキスの雨を降らせた。そのまま突きだした舌を根元から先端へレロレロと這わせて、竿全体を舐めあげていく。

紘香の唾液で覆われた怒張は、てらてらと淫猥な濡れ輝きを見せる。

そそり勃った剛棒をアイスキャンディーのようにしゃぶっている顔が、昔から知っている義妹のそれだと思うと、空也の劣情はさらに激しくかき立てられた。

「んれろ、れろろぉ、れろれるっ……あふぅ、はふ……っ……舐めるだけじゃなくて、咥えてシコシコするね。こういうの、もちろん初めてだけど、私、頑張るから……あむぅっ……」

紘香は大きく口を開いて、隆起しきった秘棒を大胆に咥えこむと、舌の上でねっとりと転がしてきた。生温かなベロがねっとりと亀頭に絡んだかと思うと、舌先がチロチロと鈴口をつつき、張りだしたエラの内側を抉《えぐ》ってきた。

彼女のひたむきなフェラに曝《さら》されて、快感の波が幾度も下腹部を襲ってくる。射精欲求が次第に膨らんできて、気を抜いたらすぐに果ててしまいそうだ。

「う、うう。無理するなよ。今でも充分、気持ちいいから……んう、んううっ……」

余裕のありそうなフリをしているだけで、空也自身、限界が近づいていた。

「大丈夫らってぇ、私のことは気にしなひでぇ……あふぅ、そうらぁ、このままお口でしごひてあげふぅ。んれろ、れろちゅぱ、ちゅぱちゅぱ、んちゅぱッ……」

紘香は咥えた雁首に吸いついて、頭をゆっくりと上下に動かしていく。絡みつく口腟粘膜の愉悦に、空也はかすかな喘ぎを漏らした。

その声に触発されて紘香は、さらに熱心に口で空也の怒張を愛しつづけた。落ちかかってくるセミロングの髪を色っぽくかきあげながら、まるで音楽を聴いているときのように頭をリズミカルに振りたてて、フェラに没頭する。

口内で溢れた唾液が愛液の如《ごと》くじゅぱじゅぱと艶かしい音を響かせて、まるで紘香と生本番のセックスをしているような気分になってしまう。

「ぢゅぷ、ぢゅぱ、んじゅばっ。私のフェラチオ、どう？　案外、悪くなひんじゃない？　だっれぇ、咥えたオチ×ポ、いやらひく震えて、出したいって言ってるっ」

「ああ、そうだな……んっ、んんぅっ……」

空也は想像以上に激しい紘香の口唇愛撫の前に、なんとか返事するだけで精一杯だ。濡れ輝くリップで切っ先をひとしごきされるたびに、熱く滾った精が竿胴の内側を押し拡げて、ずずずと迫《せ》りあがってくる。

義妹の淫らなディープスロートに、空也の秘棒はいつ暴発してもおかしくない状況だった。それでも愛らしい妹の奉仕をもっと味わいたくて射精を堪えつづけた。

「よくなったら、いつでも出ひていいよぉ、んちゅばちゅば、ちゅぶちゅば、んちゅぶ、ちゅぼちゅぶぅッ」

紘香は唇をぎゅっと窄《すぼ》めて、幹竿の先端を荒々《あらあら》しくしごきたててきた。柔らかな唇に鋭敏《えいびん》なエラの張りだしを集中的に刺激されて、夥《おびただ》しい量の悦楽が注ぎこまれる。

「ほらほらぁ、もっろよくなっれぇ、このまま精液っ、びゅぐびゅぐって、吐きだしちゃえぇッ！　ちゅぱちゅば、ちゅぶぶぅ、んぢゅぱちゅばッ、じゅぶぶッ……」

「唇がいやらしく吸いついてきて、もう限界だ……んう、んううッ……」

空也自身も腰を前後させて、紘香の口内のぬめついた感触を貪りつつ、快楽の頂《いただき》へ昇っていく。

「くっ、くううっ……このまま、紘香の口に出すぞっ！」

「うん、出して。お口で受けとめてあげる、ぢゅぶぢゅば、んぢゅぶじゅぼ、ぢゅぼぢゅぶぅぅッ！」

陰嚢がきゅっと引きあがって、射精の予備動作でいきりがビクンビクンと妖しく震えた。それにあわせて紘香は頭を激しく揺さぶり、咥えフェラを加速させた。唇の淫肉が妖美に絡みついてきて、強烈に吐精が促《うなが》される。

「んうぅぅ――――ッ!!」

空也はくぐもった呻きとともに、怒張を紘香の喉奥にぐっと突きこんで、そこで多量の白濁を噴射させた。

「んぶぅッ、んんんんッ……げほ、ごほっ……すごい量、喉に出されてぇ……でも、お兄ちゃんの精液だから、んんっ……んく、んくっ、んくんくっ……」

紘香は目を白黒させつつ口内射精を受けとめると、喉を鳴らして、それを胃に収めようとする。

義妹の生白い喉がかすかに動く姿がひどく艶美で、空也は精嚢を引き攣《つ》らせて、追加で白濁を放った。

あっという間に喉を満たした粘濁液は逆流して、口腔内を白く染めあげて、竿胴を咥えこんだ唇の端から溢れた。それでも紘香は剛直を咥えこんだままで、出された精汁をぐびぐびと嚥下《えんげ》していく。

口いっぱいの子種と格闘しながら、必死にそれを飲み干そうとする姿はひどく淫靡で、空也はそんな彼女をじっと見つめてしまう。

「あふぅ…っ……ぜ、全部、飲めたよ。けど、ちょっと出しすぎ。ごっくんするの、大変だったんだからぁ……」

そうして多量の飲んだ白濁のせいで紘香は、けふりと、はしたなく曖気《あいき》を漏らす。

口の脇からは残った乳濁液が零れて、顎先まで伝い落ちた。

「……その、私、勃起したオチ×ポ、抜かなくても元に戻ること知ってるよ。けど、お兄ちゃんつらそうだったし、ああ言わないと、させてくれないかな、って」

「え……そ、そうなのか……!?」

「そうよ。イマドキのJCは性に飢えた獣なのよ。そういう知識は大人よりも豊富なんだから」

濡れた口元を拭《ぬぐ》いつつ、紘香は視線をそらした。

「それに私、そんなにビッチじゃないよ。エッチなことするの、お、お兄ちゃんだからだよ……」

「え……それって……」

空也が聞き返しても紘香は黙ったままだ。彼女は顔を真っ赤にして立ち上がると、

「それじゃ、またね」

と、それだけ言い置いて、逃げるように管理人室から立ち去った。

「……久しぶりにあったと思ったら、なんだよ……」

残された空也は放心状態のまま、しばらくその場から動けないでいた。

第一章　エッチな刺客は男の娘!?

——桃鷺寮へ来て、十日ほど。日曜日の管理人室はいつも賑《にぎ》やかだ。

暇を持て余した生徒たちがたくさん集まって、置いてあるテレビを見たり、スマホをいじったりして、きゃいきゃいと騒いでいた。

ちょうど恋愛や性に興味のある年頃なのだろう、好きなタイプから始まって、キスやセックスのことまで突っこんで聞かれて、かなり戸惑ってしまう。

始終、女子中学生に話しかけられていると、もしかして自分はモテるのかも、と勘違いしそうなほどだ。

昼間は学園で教師、夜は女子寮に常駐ということもあって、生徒たちと触れあう時間も長い。部屋設備の簡単な修理や交換、そして勉強や生活のことまで多岐《たき》に渡って面倒を見ていることから、女子生徒たちに頼られているという実感はあった。

信頼や好意が積み重なると同時に、彼女たちの無自覚な甘い誘惑に曝されるのだった。

内面はまだまだ幼いとはいえ、身体は女の魅力を今まさに花開かせつつあった。JCたちは皆、自身の性的な魅力に無頓着《むとんちゃく》で、ひどく無防備な姿を大胆に見せつけてくる。

しかも女子寮という生活空間をともにしてることもあって、それはいっそう顕著だ。

もちろん教師である空也から生徒に手を出すわけにはいかず、完全に生殺しの状況が続いていた。

そうして日曜日は、女子中学生の潑剌《はつらつ》とした健康的な色香を浴びながら、事務仕事をするのが習慣になっていた。

「んん、空也っち先生？　なに、このボトル～？」

後ろから女生徒の声がして、空也はドキリとして後ろを向く。

そこにいたのは綾峰凜々菜──空也の中で問題児ランキング一位の生徒だ。

例の脱衣所事件の際、凜々菜には現場の動画と写真を撮られていた。弱みを握られたこともあって、彼女に強く出れないでいた。

しかも凜々菜の影響でみんな、空也を名前で呼ぶようになった。なんとか下に先生とつけさせてはいるが、同僚の教師には知られたくない状況だ。

凜々菜はスチールロッカーの戸を開けて、透明なローションのボトルをうれしそうに空也へ見せつけてくる。

「あ……っと、綾峰、勝手に開けるなって」

「ちょっとぉ、生徒の質問には答えないと～」

空也は凜々菜からローションボトルを取りあげて、ロッカーを閉じて施錠《せじょう》する。

（……油断もスキもない。隣のオナホの箱まで見つからなくてよかったよ）

どちらも、数日前、紘香が無言で空也に押しつけていったものだ。

これで性処理して女子中学生に手を出すな、そういうことなのだろう。すでに彼女にフェラチオで抜いてもらった身としては、なにも言い返すことができない。

「ね、空也っち先生、寮暮らしは慣れた？」

「ああ、おかげさまでな。初日以上のトラブルには遭ってないよ」

つい脱衣所を覗いてしまった自分も悪かったが、そのことで女子生徒たちにすっかり頭が上がらなくなっていた。

「そんなにつんけんしないで。アタシ、学園にはしゃべってないからさ」

「当たり前だろ。あんなことバレたら、俺、クビだからな……」

「あはっ、クビなんだ、それってマジ大変じゃん。そんな大事なことだったら、絶対言わないから、安心して」

凛々菜はニコニコと笑みを浮かべながら、空也をじっと見つめてくる。

彼女は、ブロンドアッシュのショートヘアに、派手なメイク、愛らしいネイルにピアスと、絵に描いたようなイマドキのギャルだ。ボーイッシュな装《よそお》いとは裏腹に、バストやヒップは発達していて、かえって女らしい魅力が強調されていた。

性に関しては開放的な性格らしくて、他の生徒に話を聞く限りでは、ずいぶん遊んでいるようだ。

同時に女子寮生や学園の同級生の多くともアプリやSNSで繋がっていて、その情報発信力には定評があった。

逆に言うと敵に回せば、悪い噂を学園中に広められることにもなる。

（黙ってれば可愛い盛《さか》りなのに。大変なヤツに弱み握られたな……）

ただ、今のところは、それでどうこうするつもりはないようで、話のネタにしたり、軽くじゃれついたりしてくるぐらいだ。

「ねえ、空也っち先生、ちょ～真面目だよね。誰にも手出さないし。アタシとか、いつでもOKなんだけど」

凛々菜は事務机の上に腰掛けると、そこで脚を組んで見せた。ショートパンツからすらりと伸びた美脚が目の前に曝されて、思わず生唾を呑む。

柔らかく肉づきはじめて、女の艶っぽさをかすかに滲《にじ》ませた肢体を、彼女は持て余すようにアピールしてくる。

それは今のように意識的なこともあったし、無自覚で無防備なこともある。

(今まで気にしてなかったけど中学生の女の子って、こんなに魅力的だったのか。女になりかかってる感じが、たまらないな……)

少女から女へ変わっていく、蜃気楼《しんきろう》のような捕らえきれない美しさにすっかり魅入られてしまって、教師として大事な部分が失われていくのを感じていた。

同時に先日の紘香との甘く淫らな記憶が、ふっと蘇ってきてしまう。

(いや、ダメだ。これ以上、生徒と変なことするわけには……)

空也は浮かんだ邪《よこしま》な思いを、なんとか振り払おうと頭をぶんぶんと振った。そして内心の動揺を隠すように、目の前の凛々菜に強く注意する。

「そんなところで行儀悪いぞ。ほら、降りろって」

「あはっ、そんなこと言いながら、ヤバいぐらい太腿見てるし。ちょっと痩せ我慢しすぎだってば♪」

女子中学生の弾力溢れるナマ太腿を眼前で見せつけられて、昂りとともに屹立へ血流が集中した。内心焦りながらも、その反応を悟《さと》られまいと平静を装う。

彼女は意地悪そうに、空也の顔と股間をちらちらと見比べてきた。

「もう、そんなに聖人君子ぶらなくていいのに」

やがて凜々菜は、つまらなさそうに机の上から降りる。

そうして、お茶もらうね、と空也に軽く声をかけてから、勝手に奥の座敷へ入っていくのだった。

（あいつ……教師のいる管理人室なのに、自分の部屋みたいに寛《くつろ》いでるな……）

ただ弱みを握られて強く出ることもできず、空也は心の中で嘆息《たんそく》する。

ふと、ガラス戸越しにロビーを見ると、一人のスマートな横長眼鏡の似合う大人びた女生徒が近づいてきた。学園の教師か職員のように見える彼女は、二年生の高嶋《たかしま》絵理沙。脱衣所での初対面のときから妙に冷静で、印象に残る生徒の一人だ。

「失礼します、空也先生。荷物を受けとりに来ました」

「ああ、これだよな」

生徒宛の宅配便や通販の荷物は、いったん管理人室預かりになる。絵理沙はそれを取りに来たのだ。

「高嶋はいつも通販の荷物が多いな。小遣い大丈夫なのか？」

よけいなことだとわかっていたが、つい聞いてしまう。

「ええ。多少は貯金もありますし。親も援助してくれますから」

届いた荷物を抱《かか》えながら、絵理沙はレンズ越しに艶然《えんぜん》と微笑む。その答えを聞いて、彼女の実家が資産家だったことを思いだした。

クールな横長縁なし眼鏡が、彼女の美貌を損《そこ》なうことはなく、むしろ知的で落ち着いた雰囲気を引き立てていた。

「そうか。変なこと聞いて済まなかったな」

「いえ、心配してくださってるのですよね。ありがとうございます」

そのクールビューティぶりは中学二年生とは思えない。三年の紘香や凜々菜のほうが彼女よりも年下に思えた。

（身体つきも、傍目《はため》から見た振る舞いも大人だな。けど、無理してないのかな？）

ただ、絵理沙の雰囲気はあまりに年齢不相応で、少し心配になってしまう。

腰まで伸びたあでやかな黒髪に、ブラウス、落ち着いたロングスカートとお嬢様らしい落ち着いた装いだが、それがかえってグラビアモデル級の豊かな肢体を上品に引き立てていた。

柔らかくバストに落ちかかった髪が、ブラウスの胸元を突きあげた乳房のたわわな丸みを強調する。美しく括れた柔腰から臀部へかけてのラインが美しく、ロングスカート生地をぐっと押しあげたお尻の双丘がはっきりと見てとれた。

そうして彼女が動くたびに高く張ったヒップはぷるんぷるんと妖しく震えて、その豊満さを惜しげもなく伝えてくる。

多感な年頃である彼女を気遣って見ないようにするのだが、どうしても気になって、ちらちらと視線を忙しなく走らせてしまう。

絵理沙はそんな空也を気にすることもなく、手練《てだ》れのホステスのように艶美に微笑んで見せた。その反応に、空也のほうがかえって戸惑うのだった。

そのまま少し談笑してから、

「では、失礼します」

絵理沙はきちんと一礼して、管理人室をあとにした。

それからも出入りする生徒が絶《た》えることはない。

続いて入ってきたのは、ゆるふわなツインテールの一年生、島之内《しまのうち》響。先日の脱衣所事件の際には、必死で空也に抱きついて制止してきた生徒だ。

「空也先生、ボクも荷物、来てますか？」

「ええと……島之内には、これだな」

届いていた小荷物を手渡すと、響は大事そうに胸に抱える。

「あ、はい……ありがとうございます♪」

愛らしいノースリーブのミニスカワンピにニーソックスという愛らしさを煮詰めたようなスタイルに、小柄で童顔。いかにも中学一年生女子という感じだ。

だが彼女、いや彼は、しっかりとおち×ちんの付いている、いわゆる男の娘《こ》だ。

響は悦愛学園理事長の孫ということもあって、特例で女子寮住まいを許されていた。

空也自身、理事長から直々《じきじき》に知らされたのは数日前だ。

彼の性別は女子寮生もほとんど知らないトップシークレットのはずだ。だが、他の女子寮生の話しぶりや気遣いから見て、寮内ならば誰もが知る公然の秘密という気がした。

（……でも、いまだに信じられないよなぁ）

衝撃の事実を知ってから、空也は響のことをまじまじと観察していたが、声も高く、仕草も女の子で、外からはわからない。

個々の部屋にはシャワーも備えつけられていて、女子寮暮らしでもバレることはまずないのだろう。

同じ男子だと思うと、妙な親近感が湧いてきて、ついじっと見てしまう。華奢《きゃしゃ》だが、やはり凹凸《おうとつ》のない身体、少し大きめの手の甲など、注意深くみれば男を感じさせないでもない。

けれど、それを吹き飛ばすほどの愛嬌《あいきょう》と可愛さがあって、つい抱きしめたくなる衝動に駆られてしまうほどだ。

響はとてとてと人懐っこく空也に近づいてくると、ちょこんと脇の椅子に座る。その拍子に、ミニスカが翻って、ニーソックとスカートの間の絶対領域が強調される。

大きく露になった太腿のまぶしい白さに、空也はドキりとしてしまう。同時にショーツの部分が見えた、気がした。

「どうしたんですか、空也先生？　ボクのこと、じ～っと見て……あ……だ、ダメっ！　変なところ、見ないで……」

股のあたりに視線を感じた響は、慌ててミニスカの裾を押さえる。

「……う、うう……もしかして……ボクの秘密、見ちゃいました……」

中まですっかり見られたと思いこんでいるのか、彼は耳の先まで真っ赤にして、上目づかいで空也を非難がましく見る。

（そう言えば、男の娘だって、俺は知らないことになってたよな……）

瞳にはじんわりと涙が浮かんで、非常にまずい状況だ。ここで響に泣かれでもしたら、百パーセント、空也が悪者になってしまう。

「いや、見てない、見てないから。大丈夫だ、島之内。俺はなんにも見てないぞ」

「ぐす、ぐすっ……えぐっ……本当、ですか……？」

「ああ、見てないから、大丈夫だ。安心しろっ」

「……だ、だったら、いいです。うう……よかった、です……」

心底、ホッとした顔をする響。けれど、彼の大切な秘密はこの桃鷺寮の誰もが知っていそうな気もした。

「その……ボク、先生、嫌いじゃないですけど、ジロジロ見られちゃうと、変に意識しちゃって……」

響は顔を赤くしたままで、はにかみながら告げる。

「あ、そ、そうだよな……ごめんな……」

空也も妙に照れてしまって、自然とそう返した。

(う〜ん。相手は男で照れることじゃないのに。なんか、変な感じだよな……)

再び空也が響の顔をじっと見ると、彼は視線をそらした。

そこへ奥でごそごそしていた凜々菜が現れる。

「あれ、どうしたの二人とも、黙りこんじゃって。もしかしてアタシ、邪魔しちゃった？」

空也と響の妙な空気を察して、ニヤニヤと笑う。

「そんなんじゃないって。綾峰、変なこと言うなよ」

「……そ、そうですよね。そんなんじゃないですよね。ボクと先生は……」

「あ……」

急に落ちこんだ顔を見せる響に、空也は困ってしまう。ただ凛々菜の手前、誤解を生むようなことも言えず、フォローもできない。

「それじゃ、ボク。失礼しますっ……」

居たたまれなくなったのか、響は管理人室から足早に出ていってしまう。

「あ〜あ……響、行っちゃった。追いかけなくていいのぉ？」

「バカ言うなよ。ますます勘違いされちゃうだろ。それに綾峰が変な噂、流すかもしれないしな」

「……そんなにアタシ、信用ないんだ。別にいいけど〜」

少し残念そうな顔を見せる凛々菜。

けれど、すぐに気を取り直して空也の間近に迫ってきて、

「で、実際のところ、響はどう？　小動物系って言うか、あのコ可愛いじゃない？　案外、悪くないと思ってる？」

耳元で内緒話するように尋《たず》ねてきた。

「急に聞かれても、答えられるわけないだろ。だいたい、教師と生徒だからな」

「そーいうところ、堅物《かたぶつ》くんだよね。はぁ〜っ……」

凛々菜はそのまま管理人室の外へ出ようとしたが、思いだしたようにドアのところで顔だけこっちに向ける。

「けどぉ、先生だって健全なオトコだし、どこまで我慢できるか、ちょっと楽しみかも、きゃはははっ♪」

そう言い残して、ばいばい、と手をひらひらと振って姿を消すのだった。

続いてやってきたのは、義妹の紘香だ。

「めちゃモテだね、九頭竜川先生っ……」

「嫌味言うなよ、いろいろ、大変なんだから……」

「けど、なんか鼻の下伸ばして、まんざらでもなさそうだし。私の知ってるお兄ちゃんは、そんなんじゃなかったなぁ……」

「三年ぐらいで人間、そんなに変わらないよ。もし俺が違って見えるなら、紘香が大人になったからじゃないか。だいぶ見違えたよ。美人になった」

空也がなにげなく言うと、彼女は真っ赤になって俯《うつむ》く。

「そういうとこよ。誰にでもなにげなく、言うんだから……」

「ん、どうしたんだ？」

不思議に思って聞くと、紘香は空也へ向き直る。

「どうもしないわよ。全然、連絡よこさないくせに、会ったら優しかったり、女の子の気持ちなんて、気にしてないわよね……」

「いや、ほったらかしだったのは悪かったよ。けど、そんなに怒るとこか？」

「怒るとこなのっ！　もう、知らないっ」

紘香はそう言うと、管理人室から出ていった。

時間を置かずにまた別の女子が入ってくる。ミニスカにばっちり化粧を決めた顔、そして漂う甘い匂い。密室で誘われているのは明らかで、適当に返事しながらも、性欲を妖しくかき立てられてしまう。

今いる女子や凜々菜のような、いわゆる肉食系と接していると、ＪＣは飢えた獣、という紘香の言葉が痛感させられる。

絵理沙や響のような生徒たちもいたが、彼女たちでさえ無自覚のうちに空也のオスを刺激してくる。結果的に空也は四六時中、女子中学生の色香に曝されっぱなしで、下腹部に熱い滾りを抱えたままだ。

（ふだんより性欲が抑えられないって言うか、なんか、変だよな。けど、女子中学生にずっと囲まれながら暮らしてたら、こんなものなのか……）

空也は女子寮に来てからの身体の変化を訝しく思いつつ、それをなんとかコントロールしながら、日々を送るのだった。

＊

新任の体育教師、空也が桃鷺寮に来て、一カ月が過ぎた。

凜々菜は毎晩のように管理人室にいりびたって、彼の状況を観察していた。けれど、二人きりになっても襲いかかってくるようなことはなかった。

つい今も、管理人室でさんざん空也を誘惑して、それが空振りに終わったところだ。

部屋に戻った凜々菜は、電灯もつけずベッドに寝転ぶ。

そうして寂しさに耐えきれず、暗がりの中で一人、あそこをくちゅくちゅとまさぐりはじめたのだった。

「んふ、くふぅ……アタシは空也っち先生のこと、こんなに欲しがってるのにぃ……はぁ、はぁはぁ……」

体力や性欲の有り余っている若い教師なら、すぐにでも襲いかかってくると思っていたし、凜々菜自身もその心積もりはできていた。

(……スポーツマンでアタシ好みだし、ちょっと情けないとこも、放っておけなくて可愛いし♪)

だが、空也が手を出してきそうな気配は皆無《かいむ》だ。

(クスリはガンガン効《き》いてるはずなのに。空也っち先生、ちょっと頑張りすぎだし)

凜々菜は彼が寮にやってきてから、電気ポットのお湯や、空也が食べそうなお菓子にたっぷりと媚薬を仕込んで、毎日なんらかの形で摂取させていた。

管理人室のデスクの下で、空也が怒張を最大限そそり勃たせていることもあって、薬の効果は明らかだ。

だが、彼が凜々菜の積極的な誘いには乗ってくることはなかった。

(まあ、真面目でチャラくないのが、空也っち先生のいいところなんだけどさぁ。せっかく、ちょ～いい身体してるんだし、勢いで襲ってきてくれてもいいのに……)

スポーツで鍛えられた空也の屈強《くっきょう》な肉体を思い起こして、凜々菜の膣はますます湿り気を増して、さらに奥から蜜があふれる。指先から手のひらまでぐっしょりと濡れて、いやらしいメスの匂いがあたりを満たした。

「あふ、はふぅ……な、なんかぁ、いい手、考えなきゃってカンジだしぃ……あ、あん、あんんっ……」

手に入らないとなると、ますます欲しくなるのが凛々菜の性分《しょうぶん》だ。自慰行為を加速させながら、凛々菜はアイデアを練った。

（アタシでダメならぁ、まずは他の誰かで、行くのがいいかも……）

そこで思い当たったのは、響のことだ。

（あのコ、空也っち先生のこと、絶対好きだよね。目が完全に恋する乙女だし。だったら、上手《うま》く焚《た》きつければ——）

蜜壺をかき混ぜる指の動きがますます淫らになって、蜜汁の飛沫《ひまつ》が散る。そうして鋭い愉悦の迸《ほとばし》りが脳天を貫《つらぬ》いた。

「んひ、ふひぃ、そ、そうだぁ、あはぁっ……そーすれば、いいんだ。はぁはぁ、一回、生徒に手を出させちゃえば、ガードも、ゆっ、緩《ゆる》むよねっ……それぇ、マジで、い、イケそうっ……」

自慰の悦楽に引きずりこまれてしまって、凛々菜は自分の意思で止められないところまで来ていた。これが自分の手ではなくて、空也のペニスならどれだけよかったか、そう素直に思った。

隣室に聞こえてしまいそうなほどの声で激しく喘ぎながら、膣粘膜をめちゃくちゃにシェイクしつづける。

「あぁ、あぁあんっ……空也っち先生、見てなさい……はぁんッ、あふ、はふぅん……くふぅぅ……絶対、落としてやるからぁッ……」

トロトロに蕩けきった姫孔をぐちゅぐちゅと手指で攪拌《かくはん》しながら、凜々菜は一人、愉悦の頂へ昇っていく。

「い、イグぅッ……あ、あああぁッ、あっあああ――ッ!!」

凜々菜は背すじを弓なりにそらして、ベッドの上で軽くブリッジを決めながら、オナ絶頂した。

果てた凜々菜は身体をベッドに沈めたままで、ぐったりとなる。

息も絶えだえの様子だったが、暗がりの中で天井をじっと見つめる瞳は、獲物を狙う肉食獣のように煌々《こうこう》と輝くのだった。

＊

数日後、凜々菜は響を巻きこんで計画を実行に移すことに決めた。

媚薬をたっぷり練りこんだ特別製のクッキーを響といっしょに焼いて、それを管理人室へ持っていく。

皿に盛ったクッキーはまだ温かくて、香ばしい匂いが漂ってきていた。

「凜々菜さん、ほっ、本当にいいんですか？　ボクたち、すごく悪いこと、してるんじゃ……」

「大丈夫だってば♪　響っちは空也っち先生のこと、好きなわけだよね？　だったら、こうでもしないと、きっかけ摑めないじゃん」

「……うう、そうなんですけど。でも、心が痛みます……」

響は胸元に手を当てて、少し曇った表情を見せる。愛らしいツインテールが気持ちの迷いを示すようにかすかに震えていた。

「ま、なんかあったらぁ、アタシのせいにすればいいし～」

クッキーに混ぜてあるのは、特製の媚薬で、凜々菜が日頃から空也に飲ませていたそれを何十倍にも濃縮してある。クッキーひとかけらで一晩中、勃起間違いなし。精液は無尽蔵《むじんぞう》に溢れつづけるという凶悪な代物《しろもの》だ。

媚薬が入っていることは響も知っているが、それほど強力なものだとは、もちろん知らせていない。

ちょっとした惚れ薬が入ってるから、先生がエッチな気分になったところで、そのまま迫っちゃえばいいじゃん、と気軽なノリで響を巻きこんだのだ。

(敵を騙《だま》すには、まず味方からって言うし。響っち、マジごめんね～)

心の中で凜々菜はちらりと舌を出しつつ、軽く謝るのだった。

「んじゃ、行こっ」

凜々菜は管理人室前で逡巡《しゅんじゅん》する響の手を引いて、強引に中へ入った。

「お、二人いっしょでどうしたんだ? ん、それは……?」

部屋に入ると、空也は座ったまま二人のほうを向く。パソコン脇に積みあがった書類の山が、業務量の多さを示していた。

「あ、これクッキー、空也っち先生にあげようと思って、アタシらで焼いたんだよ」

「へぇ、おいしそうだな」

机にクッキーの盛られた皿を置く。バターとミルクたっぷりのシンプルなもので、響のお菓子作りの腕が存分に活かされていた。

「ほら、できたてだし。冷めないうちに食べて♪」

「ああ、それじゃ、いただきま〜す！」

お腹が減っていたのだろう。空也は勧められるままに、むしゃむしゃとクッキーを食べはじめるのだった。

「……あの、空也先生……それ、や、やっぱり——むぐぅッ」

罪悪感に駆られたのか、とっさにすべてを明かそうとする響。そんな彼の口を凛々菜は慌てて塞《ふさ》いだ。

「ん？　どうしたんだ？」

「いやいや、なんでもないって。あはははっ……」

凛々菜は冷や汗を垂らしながらも、なんとか平静を装う。

「うん、島之内の焼いたクッキー、美味しいぞ。ほら、みんなで食べよう」

「あ、はい……」

「響っちも食べたら？　アタシももらうし」

凛々菜は媚薬の混入量が少なめのものを選んで、口に放りこんだ。

バターとミルクの甘い香りが広がって、幸せな気分になる。これだけまろやかな味なら薬の濃度が多少高くても、わからないだろう。

「うう、美味しくできて……よかったです……」

響は覚悟を決めたかのように、クッキーを勢いよく食べはじめた。その姿を見て、凜々菜は内心、驚く。

(うわ!? それって、たっぷりと媚薬入れたヤツじゃん。そんなに食べたら、先生だけじゃなくて、響っちもビーストモード発動ってカンジだし!?)

怪しまれないように凜々菜もクッキーを食べるフリをしながら、二人の様子を窺《うかが》う。

その間も、空也と響は、クッキーをどんどん食べていって、二人でほとんど平らげてしまうのだった。

(あはっ、発情したオス同士、今夜は荒れそうだな〜。外野のアタシのほうが興奮してきたかもっ♪)

最後に残ったクッキーのサクサクした歯ざわりを楽しみながら、凜々菜はひとりほくそ笑むのだった。

数時間が経過して、空也は下腹部に通常ありえないほどの熱い滾りを覚えていた。屹立はズボンの中で常に半勃ちした状態で、刺激ひとつで股間に雄々しくテントを張ってしまいそうだ。

＊

夜の管理人室を誰かが訪れたのは、そんなときだ。

「……あの、空也先生、こんばんはです」

そこに立っていたのは響だ。男物のパジャマを着て立っているのに、妙に艶かしい印象を受けた。

よく見ると、下にズボンは履いておらず、ぶかぶかの上着だけ。かすかに覗いた手は長い袖の先をきゅっと愛らしく握っていた。

そうして同じく長い丈の裾からは、綺麗な素足が二本、生々しく突きだしていて、大ぶりサイズのパジャマが響の可憐《かれん》さを際立たせていた。

(……男の太腿だよな？　なんで、こんなにいやらしいんだよ……うう、ダメだ。じっと見てるだけで、ますます変なことを考えちまう……)

華奢な両脚を思わず凝視してしまう。響は視線を感じても、少し恥ずかしそうにするだけだ。

（けど、相手は男だし、間違っても襲っちゃうことはないよな。たぶん……）

空也はすっかり油断して、響に声をかける。

「お、島之内か、どうした？」

「えっと、その……勉強で、わからないところがありまして……」

下げているシンプルなトートバックから、ノートを取りだす。

「他の教科だと怪しいところもあるけど、見てみるよ。どれどれ」

広げたノートには響らしい、キュートな丸文字が散らばっていて、持っている文具もバックも、すべてが愛らしい女子中学生のそれだ。

響はちょこんと脇の椅子に座って、両脚を丁寧に揃える。

パジャマの下のショーツが見えないように意識しているのは明らかで、おそらくは女物を履いているのだろう。裾を捲りあげて、中を確認したくなる衝動を必死で堪えた。

「……わかりますか、先生？」

かすかに上気した顔を向けられて、空也はドキリとしてしまう。

「まあ、中学生の内容だったら、だいたいはな。わからないのは、この問題か？」

「はい……そ、そうです……」

「数学か、久しぶりだけど……う〜ん」

空也はノートにあった数式の続きを解きながら、説明を加えていく。

だが実際には、隣の響から漂ってくる甘い匂いと色香で思考はほとんどまとまらず、簡単な問題にもかかわらず、かなり時間がかかってしまう。

「あの、む、ムリなお願いしちゃいましたか？」

「これぐらいなら、大丈夫なはずなんだけど……」

響は椅子に手を突いたまま、ぐっと前へ乗りだしてくる。同時にダブっとしたパジャマの緩んだ襟元から艶やかな胸元が視界に飛びこんできた。

（……こ、これは……ごくっ……）

今まで同性の胸を見て、なんとも思わなかった空也だが、響のそれは違っていた。

抜けるように白い肌の胸部はつるりと平らで、引き締まった胸板の左右にはかすかに膨らんだ乳先が覗いた。清らかな雪原にぽつんと佇《たたず》む、ほんのりと桜色に染まった突起が、ひどく妖しい魅力を感じさせた。

かすかに膨らんだ薄桃色の乳芯とそこを頂点として麓《ふもと》へ広がっていく乳暈《にゅううん》が垣間

見えるたびに、ひどくいけないものを見ている気持ちにさせられる。

（……これは、本当にマズいな。しかもいろいろ、無防備すぎだろ……）

慌てて視線をそらすものの、胸の鼓動は収まりそうにない。

女の子より可憐で保護欲をそそる響の姿を目の当《ま》たりにすると男女の違いなど、どうでもよくなってしまう。

そうして華奢ながらも、響の男を感じさせる肩幅や胸板がかえってスパイスとなって、情欲を激しく煽《あお》ってくる。

空也の屹立はしっかりと響に反応して、股間は大きく膨らんだ。その変化は響にも伝わったらしく、彼はちらちらと股間に視線を走らせてきた。

「……空也先生……そ、それ……」

「あ……ごめんな。気になるよな……」

「だ、大丈夫です……」

響は耳まで真っ赤になりながら、自身の股間を隠すようにパジャマの裾を下方へ強く引く。象牙《ぞうげ》のように滑らかな腿肌がさらに大きく露出して、ひどくまぶしい。

「でも、ボクで、大きくしてくれてるんですよね？　だったら……うっ、うれしいです……」

空也の勃起がトリガーとなって気持ちが抑えられなくなったのだろうか。響は意を決したように、空也をまじまじと見る。つぶらな瞳はどこまでも澄んでいて、真正面から気持ちをぶつけられたら、性欲を理性で抑えつづけられる自信はなかった。

「あの……ボクっ……空也先生のこと、すっ、好きっ……大好きです……」

そう告げると、響は空也の膝の上に半ば跨るような形になりながら、ぎゅっと抱きついてきた。その温もりを感じながら、空也は響を優しく抱きとめる。彼の甘い香りが漂い、愛らしいツインテールの房が首筋をくすぐってくる。

間近に響の存在を感じて、ペニスがさらに隆起した。

「急に……そ、そんなこと言われても……教師と生徒だろっ……」

「でも、先生、こんなにして……少しは気にしてくれてるんですよね。ボク、もう我慢できないです……」

さらに、ぎゅっと抱ついてくる響。その拍子に空也の勃起が響の股間に当たる。彼もまた股間を膨らませていた。

「あんっ……先生のが、あ、当たって……んん、んんんっ……」

響の艶かしい喘ぎが耳朶《じだ》を打った。硬くなったオス同士がさらに押しあって、甘い愉悦がそこで優しく弾《はじ》ける。

それをきっかけに、響は理性を飛ばしたように自身の屹立を幾度も空也へ擦りつけてきた。

「ま、待てって、島の内。ちょっと落ち着けよ」

「ご、ごめんなさいです。腰が動いてしまって。ん、んん、んうぅッ」

ずっと我慢していたのだろうか。響は性欲に駆り立てられて、自身の欲望が抑えられないようだ。

空也も彼に引きずられるようにして下腹部を揺さぶりつづける。布地越しに打ちあった互いの怒張はキツくそり返って、最大限勃起していた。

「はぁ、はぁはぁ……その、びっくりさせちゃいましたよね……ボクのこと、先生に話すよりも、え、エッチなことしちゃって……その……」

少し落ち着いたのか、響は少し申し訳なさそうに上目づかいで空也を見る。

「島之内のことは知ってる。理事長から聞いてたんだ。黙ってて悪かった」

「そうだったんですね。そ、それで……あの、お、男の娘じゃ、やっぱりダメですか？　ボク、先生とエッチなことしたいです……」

妖しく潤ませた両の瞳で切なそうにじっと見つめてきた。

その愛らしい姿に空也はノックアウトされてしまう。教職員と生徒だとか、オス同士だとか、すべてがどうでもよくなっていた。

「これが俺の返事だ」

空也は勢いよく彼の麗《うるわ》しい唇を奪った。

「んん、んんんっ……し、知ってたんですか……んんっ、ちゅばちゅ、んちゅ……」

響は目を閉じて、空也のキスを受け入れる。

「けど、アレを擦りつけられるまでは、半信半疑《はんしんはんぎ》だったけどな……ちゅ、んちゅ、ちゅぱちゅば……」

空也は幾度も彼のリップを啄《ついば》んで、唇粘膜を艶かしく絡めた。お互いを気遣うような優しい口づけのあと、ゆっくりと唇が離れた。

唾液が淫靡に糸を引いて、すっと宙空《ちゅうくう》に消える。響は濡れ唇をだらしなく緩めたまま、夢見心地で空也をじっと見つめていた。

その蕩けきった顔は、今まで見たどんな女子よりも可憐で、空也が頭を撫でてやると、響は真っ赤になったまま、うれしそうにツインテールをかすかに震わせる。

「島之内……いや、響っ。もう遠慮しないからな」

「はい、空也先生になら、ボク、めちゃくちゃにされたいです」

空也は響の唇を今度は荒々しく奪うと、彼の舌に自分のそれをいやらしく絡めた。

響もそれに答えて、いやらしく舌を蠢《うごめ》かせた。

ちゅばちゅばと淫らなキスの音が響き、唾液が幾度も交換される。互いに頭の芯を蕩けさせながら禁断のキスをつづけた。

「あふ、はふぅ、空也先生のキスぅ……え、エッチすぎてぇ……頭、ぼおっとしちゃってます……」

「身体の力を抜いていいぞ。このまま俺に任せろよ」

「は、はい。わかりました。んむぅ、ちゅぱちゅば、んちゅぶ……ちゅぶぅッ……」

響は空也の舌が口腔に潜りこんでくると、されるがままで必死に絶えつづけた。中学生らしいぎこちないキスが初々《ういうい》しい愛らしさを強調しているかのようだ。

お互い窒息しそうになるまでキスを繰り返してから、ゆっくりと口づけを終える。

互いの息が妖しく乱れて、ひどく淫猥だ。

「けど、響がオスだって、まだ信じられないな。こんなに可愛いのにな」

空也が手櫛で響の髪を梳《す》きながら耳元で囁《ささや》くと、彼は満面を朱《あけ》に染めて、視線を脇へそらした。

「空也先生……え、エッチのときは意地悪です……」

「証拠を見せてくれないと、わからないな。ちゃんと俺に見せてくれよ」

「……うう、わかりました」

響は気持ちの昂りに任せてパジャマの裾をゆっくりとたくしあげると、ショーツでいやらしく包まれた股間を露にする。

ほんのりと水色がかったショーツは細やかなレース飾りがあでやかで、内側からそそり勃った秘棒がクロッチから前へかけての薄布をぐっと押しあげていた。

包皮から顔を出した雁首、そしてかすかに左へ湾曲《わんきょく》した竿胴まで、その形がくっきりと浮かんでひどく淫猥な感じがした。硬く尖った穂先は完全に収まりきらず、その先端が恥ずかしげに顔を出す。亀頭が淫らにヒクつくたびに、我慢汁が鈴口から溢れた。

「はぁはぁ、先生が好きすぎて、もう、こんなになっちゃってます……」

「……いやらしく勃起した響も、可愛くてたまらないな」

淡い水色の艶光りする薄布と、幾重ものレースでファンシーに修飾《しゅうしょく》されたペニスは、空也の知っている男のそれとは別次元の存在だ。

撫でたり、キスしたり、もっと愛したいと思ってしまう。そのままおもむろに手を這わせて、ショーツ生地越しにエラの張りだしをねっとりと擦りあげてやった。

「あひ、んひぃ、あひぁぁ……空也先生、おち×ちん、敏感になってて、はぁはぁ、エッチに撫でなでされると、感じすぎちゃって……手加減してぇ……」

「敏感だな。まだ直接、触ってないんだぞ」

「くひ、ふいぃぃ、ふひぃぃッ……だって、ふだんより感じやすくて……んふ、はふぅッ、もしかしてクッキーのせいかもです……」

「ん……それ、どういうことだ？　素直に話さないと、もっと激しくするからな」

なにかあると思った空也は、響のショーツをずらして屹立を露出させると、その竿先をしごきはじめた。

そうして響の感じる様子を観察しつつ、次第に手の動きを速くしていく。

「あひ、んひぃ……話しますから、ゆっくりお願いします。んう、んうう、そんなにエッチな手コキぃ、だ、だめぇぇ……」

「ん？　こういうのダメなのか。そらそらッ」

指先を亀頭に絡めて、エラの内側や裏筋、鈴口と特に鋭敏な箇所を集中的に責めたててやる。

「で、出ちゃううぅ……いやらしく、びゅるびゅるってぇ、射精しちゃいますからぁ……はひ、はひぃ、ふひぃ…ッ……」

放出前の前動作で、彼の切っ先がビクんと震えたところで手を止めると、今度は焦《じ》らすようにゆっくりとしごきたててやる。

「……あ、ああ……で、出そうだったのにぃ……空也先生の意地悪ぅ……」

「そうだったか。悪かったな」

「ん、んん、んいいッ……またよくなってきて、はぁはぁ、精液ぃ、上がってきますぅ……もっと、もっとシコシコしてぇ……お、お願いしますぅ」

空也の緩急《かんきゅう》をつけた手コキに響は完全に参ってしまっているようで、許してとばかり瞳に涙を浮かべつつ、射精させてほしいと切なそうに訴えかけてきた。

「ん？ どうしよっかな。さっきのクッキーのこと、詳しく話してくれたら、出させてやってもいいぞ。やっぱり、あれになにか入ってたのか。性欲が抑えられないって言うか、どうにも変な感じなんだよな」

空也は愛らしくも硬く聳え勃った響のペニスをしごきながら、話を続けるように促す。

「んあ、んああッ……そうです。ご、ごめんなさい……凛々菜さんといっしょに焼いたクッキーに、エッチになるお薬が入ってたんですっ……はう、はううッ……」

響は秘竿をひとしごきされるたびに、頤《おとがい》をそらして身悶えしながらも、必死に話しつづけた。空也に隠しごとをしていることが心苦しかったらしい。

「ボクが空也先生と二人きりのとき、エッチなムードになれるように、ひふ、ひふぅッ、本当にごめんなさい……」

「それで、こんなにムラムラが収まらないのか、綾峰らしいイタズラだな。ま、理由がわかっても、抑えようがないけど」

「凛々菜さんだけのせいじゃないです。こうしないと先生とエッチなこと、できないと思って……ボク、悪いことだってわかってたのに、協力しちゃったんです……」

ペニスをしごかれながら、響は息を妖しく乱す。熱い吐息が空也の首筋を嬲《なぶ》ってきた。

「でも、こんなにすごいなんて、思わなかったです。頭が沸騰しそうで、エッチなこと以外、考えられないです……ああっ、空也先生……好き、好きぃ……」

感極《きわ》まった響は空也に抱きついてくると、その胸板に顔を埋《うず》めて甘えたまま、股間をまさぐりかえしてくる。

「こんなに熱くて、硬くて、ズボン越しでもドキドキします……な、中も見せてほしいです……」

響は空也の怒張を取りだすと、手指を生々しく絡めてしごきたてつづけた。

しなやかな細指で擦りたてられた剛直はさらに硬さを増して、下腹を叩かんばかりにキツく湾曲する。

「ん、んんっ、確かに、直接触られると、すごいな。こんなに勃起したのなんて、久しぶりだぞ。くう、くううっ」

「先生のおち×ちん、ビキビキにそり返ってて、触れてるだけで、熱く脈打ってるのがわかります……想像以上に、エッチです……」

瞳を熱く濡らしながら顔を上げた響。その唇を奪いながら、空也は彼のパジャマのボタンを外していく。

響も積極的に舌を絡めながら、自身の幹竿を空也のそれを絡めてきた。

硬く、しなやかな淫棒同士が擦れるたびに響のショーツはずり落ちて、優美な曲刀が艶かしく露出した。

「ボクのとっ、先生のぉ、いやらしく擦れて。んちゅぱ、ちゅば、んちゅぶぅ、唇れも、おち×ちんれも、キスぅ……上と下でいっしょに、ちゅっちゅ、してまふぅ……」

「はふぅ……響、積極的すぎだろ、んう、んううッ」

二人の視線が熱く絡んで、そのまま上下で獣欲剝きだしのキスが再開される。

敏感な亀頭の裏筋同士がねっとりと擦れあい、そのたびにビクンビクンと竿胴が妖艶に跳ね躍る。切っ先からはカウパーがとぷとぷと溢れて、それがペニスの滑りをよくしていく。

互いの快楽が積み増されていき、それが二人を雄々しく猛らせた。さらなる歓喜を求めて、ケダモノのようにいきり勃った秘棒を押しつけあって、オスの性欲の赴《おもむ》くまま兜合わせの愉悦に耽溺《たんでき》する。

「あん、あんんっ、先生の逞《たくま》しいオチ×ポ、感じられて、いい、いいです。気持ちいいです。このままずっと、こうしていたいですぅ」

「俺もだ。響のチ×ポ、こんなに可愛いのに……熱くて、弾力もあって、いやらしすぎだろっ」

タイミングをあわせて腰同士を揺さぶり、弾力溢れる肉棒を打ちつけ、たわませながら、絡めあう。双方のペニスがへしゃげ、またバネのように元に戻ってと、卑猥な鍔《つば》迫《ぜ》りあいが繰りかえされた。

そうして二本の雄槍が少し離れると、混ざった先走り液の糸が幾条もの透明なブリッジを作る。それが消える前に、再びペニス同士はねっとりと絡みあって、オス同士の禁じられた淫悦を貪り食らった。

「ふひぃ、くひぃ、もっと、もっと激しくぅ、先生を感じたいですぅ」

「いいぞっ。そら、そらそらっ！　もっと感じさせてやるからな」

先走り液を溢れさせた肉幹同士が荒々しく打ちあうたびに、鮮烈《せんれつ》な快美感が背すじを貫いていく。陰嚢がきゅっと引き攣って、もたらされる強烈な射精欲求に屈してしまいそうになる。

空也は下腹部の滾りに耐えながら緩急をつけて、男の娘との甘美なフェンシングを楽しみ、その悦楽を貪りつづけた。それは響も同じで、愛らしい顔を幸せそうに蕩けさせながら、法悦の極みへ昇っていく。

刀身同士が幾合も打ちあわされて陰嚢が絡み擦れあうたびに、快楽の大渦に呑まれてしまって、男性器の感覚が次第に溶けてなくなっていく。熱く蕩けるような歓喜だけがそこに存在した。

甘美な悦《よろこ》びへの飽くなき欲求はどこまでも膨れあがって、もはやその暴走をコントロールすることはできない。

「あひ、ふひぃ、もう、らめぇ……ボクっ、我慢できなひですぅ……先生のオチ×ポでよくなってぇ、はぁはぁ、いやらしく射精っ、させられちゃいますぅ……」

ビクビクと吐精の前動作を見せる響のペニス。その中でも鋭敏な箇所を硬く尖った切っ先で集中的に責めたてていく。

「そらそらっ、このまま出していいぞ。響が気持ちよくなる顔、俺に見せてくれよ。んんッ、んんんッ!!」

空也は響の両手をぎゅっと自分のほうへ引きつけながら、自身の剛直をトドメとばかりにずちゅずちゅと荒々しく彼のそれへ絡めつづけた。

「ひふっ、ひふぅんっ……せ、先生、ほ、ほんろにぃ、ら、らめぇ、らめらめらめぇッ……ガチガチのオチ×ポで、ボクのおち×ちんっ、いじめないでぇ……」

響は四肢を硬く強張《こわば》らせながら、腰を大きく浮かせた。

「あ……ああ、あああッ……あっあぁぁぁ――――ッ!!」

そうして嬌声《きょうせい》を喉奥から迸らせながら、精液を高らかに噴射させた。

「……あう、あうう、まだ出てぇ……見ないでぇ、は、恥ずかしいです……」

オスの柱を生々しく脈動させながら、響は子種を放ちつづける。歯を食いしばって、羞恥と快感になんとか耐えているようだ。

びゅくびゅくと勢いよく噴きあがった雄汁は響のお腹や胸元、そして空也のシャツの前までも真っ白に染めあげていく。

「……ごめんなさい、先生。先に出しちゃいましたぁ」

「謝らなくてもいい。俺もじきに出させてもらうからな」

空也は猛々《たけだけ》しくそり返った雄竿を響の下腹部にねちっこく擦りつけながら、彼のパジャマを脱がせた。

ショーツと揃いの水色レースのブラに包まれた上体を露にされて、響は羞恥で色っぽく身震いする。

抜けるように白く華奢な胸板と、色っぽく浮きだしたデコルテの鎖骨、そうしてしっかりと筋肉がついた二の腕——少年らしい引き締まった上半身は、華やかな少女趣味のレースブラに美しく彩られて、空也が今まで触れてきたことのない、危うげな色香を匂いたたせていた。

「……あんまり、み、見ないでください。やっぱり下着姿、恥ずかしい……」

「大丈夫だ。よく似合ってるから」

男とも女とも言えない、響の中性的で、倒錯《とうさく》的な淫気——空也はその蠱惑《こわく》的な魔性に強く引き寄せられて彼の首筋にキスすると、その昂りにまかせて首筋から鎖骨のあたりをちゅぱちゅぱちゅぱと強く吸った。

そのまま空也は響の上半身に飛び散った白濁液を、ぺちゃぺちゃと丹念《たんねん》に舌で舐めとっていく。

「あん、あんっ……せ、先生っ。ボクのせーえき、汚いですから……な、舐めないで、ください……んふぅ……くふぅ…っ……」

「別にかまわないだろ。それともイヤか？」

「い、イヤじゃ、ないです……先生にキレイにしてもらえて、うれしい、です……ん、んんっ、んふぁ、あはぁ…っ……」

肩口から胸元にかけて、キスの雨を降らせて、さらにレロレロと丁寧に舐める。ブラをずりあげて両の乳首を露出させると、そこにも舌を絡めて刺激したり、わざとらしく音を出して吸いたてつづけた。

「ん、んあ、んあぅ……バストは、感じやすくて……あう、あうぁ……あっうぅぅ……」

すでに甘勃起していた桜色の乳嘴《にゅうし》が、バキュームキスの快美に貫かれて、内側からいやらしく開いて、きつくそそり勃つ。

響自身も興奮して、もっと責めてほしいのだろう。

空也が張った胸元をキスで愛撫していくと、響はおねだりするように自分からそらしたオスのバストを迫りださせてくる。

それに応えて、空也は胸部をぐっと鷲掴みにして、淫らに突きだした乳頭を舌先で突いたり、転がしたり、ちゅぱちゅぱと強く吸ったりした。

「んい、んいい……先生に僕の胸を愛してもらえるなんて、夢みたいです。先っぽがますます硬くなって、たまらなく感じます……」

響は悩ましげに眉根を寄せて、呼吸を大きく乱した。緩んだ口元からは涎《よだれ》がかすかに垂れて、ひどく艶かしい。

空也は膝上にいた響の腰に両手を添えて軽く持ちあげながら、机の上へ座るように誘導する。

「最後まで掃除してやるから……そうだ、机に座って。いやらしい眺めだな。股間から、お尻の穴まで丸見えだぞ」

「う、うう……こんな格好、恥ずかしいです……あ、あふ……あふぁぁ……」

響の太腿を大きく開かせると、そこへ空也は顔を近づけて、そのまま内腿や下腹部に付着した淫汁を大きく拡げた舌で拭っていく。

「お股のところ、いっぱい舐められて……変になっちゃいそうです……」

「まだまだ、これからだぞ——あむぅッ」

空也は響のショーツをずらして屹立を大きく露出させる。胴部をそっと指先で支えながら、亀頭を大胆に咥えこんだ。

「……あ、ああッ……空也先生、そこは……はう、はううっ……」

勃起した幹竿の存在感を口腔で強く感じながら、空也は愛情たっぷりにフェラする。舌の上でねちっこく転がして、淫らな水音を響かせながら、幾度もしゃぶりたてた。

響自身は羞恥のあまりに、両手で自分の顔を覆って、ぶるぶると震える。セックス自体、未経験なのだろう。あまりに初々しい反応に、空也はもっと彼をいじめたくなってしまう。

じゅぷじゅぷと唾液の卑猥な音が自分の口内で響いて、ねばついたフルーティな味がした。そうして仕上げに可憐な穂先を、じゅるるる、と勢いよく啜《すす》って、付着した精汁ごと嚥下するのだった。

「んう、んうう……先っぽ、吸わないで……んうぁ、はふぁッ…あふぁぁ……」

空也が響から口を離すと、ペニスはしゃぶられた刺激で再勃起して、ショーツから先端部を覗かせていた。

響は惚《ほう》けきった顔のままで股間をさらに迫りださせてくる。ショーツのクロッチ部は陰袋の双塊で愛らしくふっくらとして、豊かな子種の充実ぶりを感じさせた。

吸い寄せられるように空也はそこへ顔を埋めて、彼の玉袋の柔らかさを鼻先で堪能する。若草のような爽やかな匂いが空也の鼻腔を甘くすぐって、屹立はさらに隆々《りゅうりゅう》といきり勃つ。

激しい淫欲に突き動かされて、空也は響のショーツに手をかけると、少しずつ脱がせていく。

「あう、あうう……先生ぇ……やっぱり、ダメ……心の準備が……」

「そう言われても、もう抑えが効かないんだ。教師と生徒でなんて、ダメだってわかってるけどっ……す、すまんっ……」

脱がせまいとショーツを押さえる響の手を優しくどけると、それを引き下ろしていく。もう観念したのか、響の手はショーツから離れる。発火しそうなほど顔を高潮させて、上体をぶるると戦慄《わなな》かせた。

響の両脚を抱えるようにしながら、空也はショーツを一気に脱がした。

彼は生まれたままの姿で、両腿を大きく開いて、ペニスもふぐりも、妖しい尻の切れこみの中心さえも、曝けださせた。

オスを求める男の娘の本能がそうさせるのだろうか。その窄まりは妖しくヒクついて、未知の世界に誘ってくる。

空也は意を決して、響のアナルへそっと指を這わせるのだった。

*

「はぅ、はぅぅ……あふぅ……先生ぇ……だ、だめぇ……」

響は空也にヒップをまさぐられて、淫らな声を発した。

彼の太い指先が尻丘の谷間をねっとりと撫でて、その奥にひっそりと咲く可憐な菫《すみれ》色の秘蕾をくすぐってくる。

そのたびに身体の内で火のような羞恥が暴れて、ビクビクと下腹部を小刻みに跳ねさせながら悶えてしまう。

口で形だけの抵抗をして、恥ずかしさを必死でごまかす。ぷりぷりの玉袋が愛らしく震えて、後ろの穴は憧れの教師のオスを求めて、妖しくヒクつきを見せていた。

「だったら、やめようか？　ここは欲しがってるみたいだけどな」

「そんなこと、な、ないです……あう、あうう……んううっ……」

かすかに緩んだ肛門に指先をずぶぶと押しこまれて、響はなにも言えなくなる。息を大きく吐いて、アナルを出入りする異物の奇妙な感触に耐えつづけた。

「ん？　案外とスムーズだな。もしかして──」

「ち、違います。ボクっ、お尻でオナニーなんて、してませんから。アナニーだなんて、絶対してないですっ……あお、あおぅ……そんな奥まで、ズボズボっ、しないでぇ、お、おお……」

「だったら、どうしてこんなにスムーズに入るんだ。それにアナニーなんて言葉、知ってる時点で怪しいな。やっぱりこっちも慰めてるのか。ん、どうなんだ？」

空也は響を言葉で辱《はずかし》めつつ、引き締まった肛門括約筋を少しずつほぐしてきた。指を抜き差しされる心地よさに表情が自然と緩んでしまう。透明な腸液が自然と滲んで、ぬちゅぬちゅと淫らな音を奏《かな》でた。

「あう、あうう……し、知りませんからっ。意地悪しないでください。おっ、おおっ……お尻の内側、指で引っかかれて、エッチな声ぇ、おほぉッ……で、出ちゃいますぅ……」

響が否定するほど、空也は嗜虐《しぎゃく》心を燃えたたせて、アナルへの指ずぼを執拗《しつよう》に繰りかえしてくる。ほぐれたアナルは妖しく蠢いて、抗弁《こうべん》できないほどいやらしく教師の指に絡みついていた。

「なあ、響。このままエッチしてほしいんだよな？　だったら、本当のことをちゃんと言わないとダメだぞ」

「そんなぁ、ひ、ひどいです……んお……んおぅっ……」

直腸内で空也の指は響を焦らすように、ゆっくりと動きつづけた。引き締まった菊割れの筋肉が優しくほぐされて、肛門括約筋がさらに大きく緩んだ。

じんわりと尻孔の内側に広がっていく甘い愉悦で、響の恥じらいさえも少しずつ溶かされていく。

空也のペニスに処女アナルを貫いてほしくて、腸粘膜が淫靡に収縮した。

(……うう、ずるいです。こんなにされたら、我慢できません、も、もうっ――)

響は下腹部を戦慄かせながら、欲望の昂りのままに口を開く。

「……ううっ、空也先生……ウソついて、ごめんなさい。ボク、お尻でオナニーっ、アナニーしてましたぁ……あお、あおぅッ……み、認めますからぁ、先生のオチ×ポ、くださいっ……ボクの初めて、先生にもらってほしいんです……」

思いのたけを教師にぶつけながら、蕩けきった表情で精一杯おねだりした。

「いいコだ、素直な生徒は嫌いじゃないぞ」

空也は指をゆっくり抜くと、机から降りて臀部を自分へ向けるように指示する。響はそれに従って、手を机の上に突くと引き締まった丸い双尻を彼へ差しだした。

「このままでも、大丈夫そうだけど……そうだ、あれを使うか……」

響の腸口のほぐれを確認していたらしい空也はスチール戸棚を開けて、そこに置いてあったローションボトルを取りだす。中身を手のひらにたっぷりと広げると、自身の雄竿と、響のアナルにたっぷりと塗りこめた。

(……や、やっと先生のオチ×ポ、もらえます。夢みたいです……)

冷たいローションの絡んだ指で直腸内を妖しく嬲られていると、いよいよ空也にバージンを捧げるときが近づいていることを実感する。興奮でアナルがきゅっと締まって、響自身のペニスはキツくそり返った。

空也の手が剥きだしの尻丘をねっとりと撫でまわしたかと思うと、そのまま強く鷲摑みにして、ぎゅむぎゅむと揉みしだいてくる。

引き締まった双尻を教師の手で強く嬲られて、響の淫らな高揚は最高潮に達していた。

「はぁ、はぁッ……せっ、先生のぶっといチ×ポぉ……欲しい、欲しいですっ。早く、入れてぇ……」

響は空也を求める強い気持ちのまま、ヒップをいやらしく揺さぶるだけでなく、指でアナルを押し拡げて、おねだりのくぱぁまで披露してみせた。

曝けだされた腸腔の内側を冷たい空気がねっとりと嬲っていき、自身のはしたない姿を否応なく自覚させられてしまう。

（ボク、こんなにエッチだったなんて、自分のこと、わかってなかったよぉ……）

一方の空也も、響の艶かしい姿にひどく興奮しているらしく、隆起しきった雄槍の先を尻口へ強く押しあててくる。ただ、これ以上、奥へは踏み入ってこない。

「……んお、んおおっ……空也先生、ひどいです……こんなに焦らされたままだと、ボクぅ、おかしくなっちゃいます……んお、んおぉッ……」

切っ先で窄まりの粘膜をぐりぐりと刺激されて、禁断の愉悦が幾度も背すじを貫く。

響は両足を開いて、挿入のおねだりの意味もこめてヒップを大きく突きだした。

「悪かったな。それじゃ、響のアナル処女、もらうぞっ」

「……はいっ……お願い、しま……お、おお……おおほぉッ……」

言葉が終わる前から、猛り狂った芯柱が一気に突きこまれる。

硬く張ったエラに肛門括約筋を押し拡げられて、響はケダモノのような雄叫《おたけ》びをあげてしまう。怒張は容赦《ようしゃ》なく腸内を進み、あっという間に内奥まで満たされた。

「こ、これぇ、すごいですぅ……お尻の奥まで、いっぱいで……ボク、先生に初めてを捧げちゃいましたぁ……」

響は尻穴を最大限拡張されて、強烈な異物感に大きく息を吐きながら、そう口にするだけで精一杯だ。

「んん、んんんっ……響の中、キツく締めつけてきて……バージンのくせにもうチ×ポっ、欲しがってるのか？」

「はう、はううっ……だってぇ、これはお尻が勝手にきゅんきゅんしてぇ、オチ×ポ欲しがっちゃうんですっ」

「欲しがってるんだったら、ちゃんとチ×ポ、やらないとなッ」

「そ、そんなっ！　んお、んおおッ！」

巨根で限界まで拡がった腸内を激しいピストンが襲ってきた。腸粘膜を甘く擦りたてられて、S字結腸までをぐりぐりと穂先で薄く伸ばされる。

「急に動かれたら……あお、あおッ、あおぅッ……んお、んおぅッ……感じすぎてぇ、頭、真っ白になっちゃいますぅ」

「俺も響の中、気持ちいいぞ。このまま、もっとよくしてやるからな」

「はううっ、これ以上、よくなっちゃうの、こっ、怖いです……おう、おううッ」

耳元で空也に甘く囁かれながら、さらにぐちゅぐちゅとアナルが攪拌され続けた。響の張った尻肉と空也の腰が強くぶつかって、淫猥な打擲《ちょうちゃく》音が室内を満たした。

そのまま勃起したペニスが空也の手で甘くしごかれる。アナルと屹立の同時責めで全身を蕩けさせられて、響はされるがままに絶頂への階段を昇っていく。

「ふひ、ふひぃ、んひぃッ……いい、いいですぅ、おち×ちんも、男の娘オマ×コも、全部よすぎてぇ……い、イグぅ、イグぅぅ……イっちゃいますぅ……」

「まだ、イクには早いぞ。響のアナルま×こ、しっかりと堪能させてもらうからな」

空也の抽送は焦らすようにゆっくりとなって、大きく抜き差しが繰りかえされた。肛門を割り開いて、雁首がねちっこく出入りする。

そのたびに前立腺がごりごりと刺激されて、甘勃起していた響のオスが、ビクん、ビクんと艶かしく律動して、白濁をだらしなく垂れ流しつづけた。

「おひ、おひぉ、ふひぉッ……おち×ちんから、ザーメン出ちゃうっ。前立腺、擦られるたびに……ひぅ、ひぅぉッ、エッチなお汁ぅ、お漏らししひゃってますぅ……」

「まだイってないのに、こんなに精液、垂れ流して。ところてん射精ってヤツか？一人でアナル開発、進めてたんだなっ」

「だ、だってぇ、身体がエッチに疼《うず》いて、どうしようもなかったんです……おふ、おふぉッ……」

響は切っ先からオス汁を滴《したた》らせつつ、臀部を左右に振り乱してピストンをねだった。

「でも、今は先生にお尻ぃ、いっぱい愛してもらって、幸せです。もっと、もっとぉ、いっぱいしてぇ。前立腺ごりごりしながら、奥もガン突きしてくださいっ！」

「いいぞッ！　響のアナル、めちゃくちゃに犯して、イキまくらせてやる!!」

空也は響の腰を自分のほうへ引き寄せつつ、直腸内を激しくシェイクしてきた。

「お、おッ、おおッ、おおほぉ……先生のズボズボっ、すごいぃぃ……奥までめちゃくちゃにされて、先っぽから、とろとろのお漏らし、止まらないのぉ……」

半勃ちしたおち×ちんを振り乱しつつ、精の飛沫を撒《ま》き散らしながら、アナルの奥までズチュズチュと、かき混ぜられる。

「んひ、ふひぃ、そんらにされたらぁ、ボクのお尻ま×こ、壊れるぅ、壊れちゃうのぉ、あお、あおぅ、あおおッ……気持ちよすぎてぇ、絶対、おかひくなるぅッ……」

「それじゃ、このまま響のこと、俺のチ×ポでおかしくしてやるっ」

空也の責めはさらに荒々しくなって、獣欲剥きだしの抽送が響を襲った。

「ひお、ひおぉ……ほぉ、ほぉうッ……そんらにされたらぁ、らめ、らめぇぇ、イグイグイグぅ、ボクぅ、処女アナルで、イクぅッ……メスアクメぇ、き、キメひゃうぅーッ……」

「そらっ、このまま中に出すぞッ！　これでイケっ!!　んううう――ッ!!」

空也の剛棒が深々と押しこまれて、硬く尖った穂先で腸奥がごりりと抉られる。直後、多量の白いマグマが一気に爆《は》ぜた。

「ひぐ、ひぐぅ、ふひぐぅッ……ほんろにぃ、らめらめらめぇッ、らめなのぉッ……お、おお、おおおッ……」

響はこれ以上ないほど背すじを艶美にそらしつつ、四肢を突っ張らせる。

「おほぉぉッ……おっほぉおおぉおぉぉ――ッ!!」

そうしてひときわ大きな淫声を喉奥から発しつつ、アナルで大きく果てた。

「まだまだッ。響のオスま×こに、たっぷり出してやるからな!」

そこへさらに雄槍の刺突《しとつ》が繰り返されて、熱く滾った子種汁が孕《はら》まされんばかりに延々と注がれる。

流しこまれた熱汁で大きく張ってくる下腹部を幸せな気持ちで撫でながら、響は空也の欲望の塊《かたまり》を受けとめつづけるのだった。

やがて、ケダモノのような交わりの時間が過ぎても、響と空也はしばらく繋がったままでアフターセックスの余韻《よいん》を堪能していた。

尻孔に力を入れると、中で空也の秘竿がビクビクと淫らな震えを返してくれる。心も身体も繋がれている実感があって、それがたまらなくうれしかった。

そんな甘く蕩けるような時間の破ったのは、ふいに後ろからかけられた声だ。

「あはっ、ちょっと、二人とも盛りすぎ♪」

聞き覚えのある声に驚いて、二人は管理人室の入り口を見た。そこに立っていたのは、なんと凜々菜だ。

「アタシもそれぐらいケダモノみたく、セックスしてみたいし。あ、先生と響のエッチ、ぜ〜んぶ、動画で撮っちゃったから」

彼女は手に持ったスマホを得意げに見せびらかす。

「あ、綾峰……また、お前か……」

「……あうう。盗み撮りなんて、ひどいです……」

凜々菜は二人の反応を涼しい顔で受けとめながら、響のトートバックに手を入れると、あらかじめ入れてあったらしい、小さな機器を取りだした。

「響っち、ごくろうさんっ。こっちもちゃんと録《と》れてるみたい」

それは小型のボイスレコーダーで、凜々菜が巻き戻し再生すると、先ほどのケダモノのような性交のボイスがしっかりと録音されていた。

「また、空也っち先生の弱み、ゲットしちゃった♪　んじゃ、またね〜」

「あ……おい綾峰、待てよっ！」

空也の制止もむなしく、凜々菜は姿を消した。残された響と空也は、困ったように顔を見あわせる。

「行っちゃいましたね……」

「ああ、そうだな。けど、今さらだし、もう少しこうしてようぜ……」

溢れる性欲を抑えられなさそうに、空也が背中からぎゅっと抱きしめてくる。強く後ろから抱きしめられて、首筋に幾度もキスされて、痕《あと》がつけられた。

「は、はい……もっと、先生としたいです……あ、あんんッ…」

甘い雰囲気に惹《ひ》かれて、響も彼に身を委ねてしまう。媚薬の効果に加えて、大きく果てさせられたことで身体の芯まで熱く蕩けきった状態だ。響のオスま×こは妖しく疼いて、大好きな空也のペニスでもっと愛してほしかった。

響はバックで繋がったまま振り向くと、肩越しに空也の唇へ自身のそれを重ねると、そのまま荒々しいキスに耽《ふけ》った。

同時にアナルへのねちっこいピストンも再開されて、憧れの教師との獣欲丸だしの性交は終わることなく続くのだった。

第二章　肉食系ギャルＪＣの襲来

——数日後。

空也は女子寮の設備点検の立会いで、めずらしく昼過ぎに女子寮にいた。

それが終わってからも、生徒たちは学校から戻ってきておらず、寮全体がしんと静まりかえっていた。

（……こんなに静かなこともあるんだな。めずらしい）

管理人室内でぼんやりと椅子に座ったまま、空也はガラス戸の向こうにあるロビーを眺めていた。そこは閑散《かんさん》として、いつもよりも広く感じられた。

（ふだん、賑やかなぶん、なんか寂しい感じがするよな……）

だが、そんな落ち着いた時間は、唐突《とうとつ》に終わりをつげる。

空也の視界が突然、後ろから遮《さえぎ》られて、同時にふんわりとやわらかいマシュマロのようななにかが肩甲骨にぐっと押しつけられる。そうして耳元に、甘い吐息が言葉とともに流しこまれた。

「あはっ、空也っち先生、アタシは、だ〜れだっ？」

誰かが後ろから、いたずらで目隠しをしたのだ。こんなことをする生徒はおそらく一人だけ。

「あ、綾峰、帰ってたのか!?　誰かに見られるとマズいだろ、早く離れろって」

女子中学生にしてはおおぶりの乳房の感触をもう少し感じていたかったが、それよりも教師としての理性が先立った。

凛々菜の手を押しやると、そのまま立ちあがって、彼女から距離を取った。

「あ〜っ、そんなに警戒しなくてもいいじゃん。アタシは、授業先に抜けてきただけで、まだ誰も帰ってこないし」

凛々菜はそう言いながらも、逆に空也との距離を詰めてきた。

ブレザーの上着を脱いだ白ブラウス姿で、赤のタータンチェックのミニスカと、そこから突きだしたむっちり太腿が妙にまぶしい。

「だから、そういう問題じゃないだろ……」

間近に近づいてきた凛々菜から汗と脂粉《しふん》、香水の混ざった匂いが漂ってきて、ひどく女を感じてしまう。

彼女は空也の視線を感じて、ミニスカの裾を引っ張った。張った外腿が大きく露出して、ショーツの端がちらりと覗いた。

「あ、やっぱ見ちゃってる～♪　はぁ～っ、先生、マジ視線エロすぎだって。無意識にアタシらのこと、視姦しちゃってない？」

「……いや、これは」

弱みを責めながら、さらにぐいぐいと近づいてくる凛々菜。彼女に気圧《けお》されて、空也はあとずさってしまう。

「だからぁ、逃げないでよぉ。別に空也っち先生のこと、取って喰おうってわけじゃないし。逆に食べられんのは、アタシのほうじゃない？」

「だから、それがマズいんだろっ。俺の立場もわかってくれよ」

男のプライドもあって無理やり逃げだすこともできず、管理人室の奥にある畳敷きの部屋まで追い詰められてしまうのだった。

急いで帰ってきたのだろうか。凛々菜は汗だくで、むわっとした甘酸っぱい匂いが、空也のオスを強く刺激してくる。息も上がり気味で、頬はかすかに紅潮《こうちょう》していた。

だが、鋭い眼光は肉食獣を思わせ、狙った獲物は逃さないとばかりに大胆に身体を近づけてきた。

　互いの吐息がかかる距離で、中学生とは思えない色っぽさで迫ってきた。

「ね、先生。アタシのこと、キライじゃないよね？　ねっ、ねっ？」

「まあ、そうだな……キライじゃないけど……」

「だったら問題ないし、エッチなことしよっ♪　せっかく新鮮な獲れたてのＪＣが目の前にいるんだし。据《す》え膳《ぜん》ってヤツじゃん、あはっ」

「綾峰……お前、どこでそんな言葉、覚えてくるんだよ」

「いーじゃん、別にぃ。それに響っちとはケダモノみたいに盛ってたクセに、アタシじゃダメなの？　おっぱいもお尻も、あの子よりムチムチで抱きがいあるし」

「ま、まあ、確かに……」

　空也は一瞬、頭の中で響と凜々菜をくらべてしまう。

　響が可憐で守りたくなる男の娘一位ならば、凜々菜はいっしょにケダモノセックスしたくなるギャル一位だろう。どちらも甲乙《こうおつ》つけがたく魅力的だ。

「あ……空也っち、今、ちょっと考えたぁ。ってことは、アタシでもいいってことじゃん。どーせ生徒とセックスしちゃってるし、一人も二人も変わんないって」

「こ、こらっ、やめろって……」

もはや教師の威厳《いげん》はどこかへ吹き飛んでしまって、空也は畳敷きの部屋の端まで追い詰められてしまう。本棚を背にして、どこにも逃げようがなかった。

「だいたい、クッキーに媚薬を仕込むとか、やりすぎだろ。響から聞いたからな」

「あ〜っ！　今、響って、下の名前で呼んだ。アタシも呼んでほしいし。凜々菜って言ってよぉ……」

「いや、まだお前とはセックスしてないし、そーいうのも変だろ」

「だから、今からすればOKじゃん。それに空也っち先生、最近、妙にムラムラしてくること多くない？」

「ああ、確かに。って、なんで、お前が知ってるんだ？　まさか……」

「あはっ、実は……アタシがポットにエッチな薬、入れてたんだ。だからコーヒー飲んでも、紅茶飲んでも、ハァハァしっぱなしだったんじゃない？　それなのに、ず〜っと我慢して、ちょ〜真面目くんじゃんっ♪」

「綾峰……お前ってヤツは……」

憤《いきどお》りもあったが、それ以上に目の前のギャルＪＣへの獣欲を押し殺すので精一杯だ。すると、凜々菜はちらりと背後の本棚に目を走らせる。

「あ、そこは……」

しまった、と思っても、もうあとの祭りだ。

「ん……な～に、これ？　もしかして、オナホ？　しかも箱開いてて、使用済み～」

本棚の隅に隠してあったオナホの箱をしっかりと見つけられてしまう。元々は義妹の紘香が持ってきたものだが、彼女の名前を出すわけにもいかない。なにより興味本位で使ってしまったのは空也だ。バツの悪い思いをしつつも、なにか言い返すこともできないでいた。

「こういうので処理しなきゃいけないほど、性欲溜りまくりだったんだぁ。先生の弱み、またゲットだし。きゃはっ♪」

間近で小悪魔の笑みを浮かべる凛々菜。蔑《さげす》んだ冷たい視線にひどくマゾっけを刺激されて、屹立が反応してしまう。

責めても責められても、どちらでも魅力的でつくづく女子はズルいと思う。

「空也っち先生、もう充分、頑張ったし。教師としてのギム果たしまくりだって。アタシみたいなＪＣに盛っちゃうのも、薬のせいだし♪」

凛々菜はブラウスのリボンタイを緩めて、前ボタンを外していく。

綺麗なピンクに落ち着いた黒の縁取りが入ったド派手なブラと、そのブラによって艶かしくラッピングされたムチプリ感溢れる双乳がチラ見えした。

「ちょ、ちょっと、やっぱりダメだろ……」

「きゃはっ、やっぱりダメってことは、アタシとのセックス、ちょっとは想像してくれたんだよね。はぁ～っ、マジうれしい……それに、こんなにおっきくして、やる気マックスじゃん♪」

すでに凛々菜は勃起に気づいているらしく、ちらりと股間に視線を走らせると、再び嘲《あざけ》るように上目づかいで空也をじっと見つめてくる。

そうして、レロりと肉食女子らしく舌舐めずりしてみせる。それが憎らしいほどよく似合っていて、すでに半勃起していた幹竿はズボンの上で完全にテントを張った。

「あはっ♪　またギンってなって。ちょっと節操《せっそう》なさすぎだってば」

凛々菜は含《ふく》み笑いを見せながら、同時にズボンの膨らみへ細指を絡めてくる。そのまま先端から根元、そして股のふぐりまでが布地越しにねっとりと撫でまわされた。

「くっ、くううっ……もう、それ以上やったら……」

空也は凛々菜の手首を摑んで押さえるものの、強く出ることができない。このまま組み敷《し》いて、めちゃくちゃに犯してやりたい衝動と必死で戦っていた。

「ねえ、空也っち先生……ず～っと、我慢してたんだよね。もうラクになろうよぉ」

凛々菜はキスの距離で囁いてくる。熱く湿った吐息が空也の横顔を嬲ってきて、教

しかも教え子とのキスだと自覚するほどに、背徳的な刺激が妖しい悦びを増幅させ
く跳ね躍り、粘膜が擦りあわされるたびに、頭の芯まで蕩けさせられた。
凛々菜もそれを受けいれて、逆に舌胴をねっとりと絡めてくる。舌同士がいやらし
らアタシも、んれろ、れろぉ……れろれる、れろちゅぱ、ちゅぱっ……」
「あぶ、んぶぅ……もう、舌入れてきて、マジ積極的じゃん。ん、んんっ……だった
を堪能して、そのまま彼女の口腔へ舌を潜らせた。
してしまう。唇をねちっこく絡めて、吸いたてて、ＪＣリップの柔らかさと瑞々《みずみず》しさ
空也の理性の糸は一瞬で切れて、教師とは思えないほどの性欲剝きだしのキスを返
「あ、綾峰、お前が、んちゅば、ちゅばっ、悪いんだぞ」
……ちゅぱちゅぱ、ちゅぶぶぅ……」
「はふ、あふぅ。空也っち先生とキスぅ、やっとできたぁ。ちゅぱ、ちゅ、んちゅぶ
「んんっ、綾峰っ……んむぅ……」
唇を奪われてしまう。
ぷりぷりの凛々菜の濡れ唇がゆっくりと近づいてきたかと思うと、空也はそのまま
「アタシ、先生のことマジだから。遊びとかじゃないし。ね、信じてよぉ……」
師としての理性が蕩けさせられていく。

ていく。窒息しそうになりながらも、淫猥なベロチューがやめられないでいた。

凜々菜の舌先が逆に空也のそれを押して、口内へ潜ってくる。ちゅぱちゅぱと猥雑な音をたてて、今度はＪＣのエロキスに口腔粘膜を凌辱されてしまう。

「どうひたのぉ、先生ぇ、ほらぁ、もっといっぱいキスしてぇ。中学生にされるがまま、いいのぉ……れろれるぅ、ちゅぷれろぉ……」

キスの快感で分泌された唾液がたっぷりと溜まる。空也は凜々菜の蜜をねっとりと啜って、それと自分の唾液を重ねて、淫らなＪＣの口腔へ流しかえした。

「んんぅ、んぶぅぅ……先生のツバぁ、いっぱひ流しこまれてぇ、あふ、はふぅ、んじゅる、じゅるるぅ、これぇ、すごひよぉ……ん、んん、んくぅ、んくんくッ……」

たっぷりと注ぎかえされた蜜液を凜々菜は喉を鳴らして、飲み干していく。ぴったりと重なった唇の合間から、彼女の苦しげな吐息が零れた。

「ぷはぁ～っ……ぜぇはぁ、空也っち先生ぇ、キス、ケダモノすぎ。アタシと初キスなのに、ツバまで飲ませるなんて、マーキングする気、満々じゃん。やっぱりアタシが見込んだとおり、えっろい先生でよかったぁ……」

息を乱しながらも、瞳を潤ませて空也を見つめてくる。キスで溢れた唾液が口の端から垂れて妖しく濡れ輝いていた。

抜けるような肌の白と緋色の唇のコントラストがひどく妖艶で、空也は引きこまれるようにして再び唇を近づけてしまう。

「あ……ちょっと、待って」

凜々菜は胸元から小瓶を取りだすと、入っていたなにかを口に含んで、すぐさま空也の唇に自身のそれを押しつけた。

「んんん……なっ、なんだよ、これは……んくッ、んくんく……んくくッ……」

「あふ、はふぅ……んんッ、さぁ、なんだろ。先生にわかるかなぁ？　ちゅばちゅ、ちゅぱ……んちゅば、ちゅばぶッ……」

凜々菜のキスとともに、口移しでトロみのついた液体を飲まされる。次第に身体が芯から熱くなって、竿先が痛いほど張り詰めてくる。

（……か、身体が……キスだけのせいじゃないよな……）

唇を慌てて離すと、驚いた目を彼女に向ける。凜々菜は双眸《そうぼう》を細めつつ、優越感に満ちた微笑みを見せた。

「あはっ、さすがにわかっちゃったよね？　さんざん、飲まされてきたんだし。そう、媚薬っ。この間、クッキーに入れたのと同じヤツだけど。液体の原液だから、すぐに効いてくるんじゃない？」

「お前、また……そんなに俺に犯されたいのか。くそっ、立てなくなるまで、めちゃくちゃにしてやるぞ」

またハメられたという憤り、そしてやり場のないオスの性欲に突き動かされて、凛々菜に大きな声を出してしまう。

「はぁはぁ、急に大きな声出しすぎ。アタシ、優しい先生が好きなんだけどな。ま、ケダモノみたいでもいいけど」

凛々菜はまったく臆することなく、空也に抱きついてくると首筋にガリリと歯を立てた。同時にズボンの中へ手を突っこんでくると、手首でベルト金具をガチャつかせながら、指先を大きく暴れさせた。

「くうっ、んん、んふぅッ……こら、どこに手を突っこんで、なにしてるんだ……」

「先生のギンギンのオチ×ポ、直接触っちゃったぁ。はぁはぁ、ここはどうなってるのかな。きゃはっ♪」

ＪＣの指先は淫らにズボンの中で蠢いて、毒蛇のように妖しく雄根へ絡みつく。そのまま玉袋をぎゅっと握ると、ぐにゅぐにゅと揉みしだいてきた。

「あううっ、そこは、う、ううっ……」

「あは、弱点、発見っ。金玉のところムニムニされると、男のヒトって弱いよね。しかも気持ちいいから、逆らえないいし。先生も他のゲスい男と同じなんだぁ」

凜々菜の手指に睾丸を直接いたぶられて、呻きを発するだけで精一杯だ。ギャルJCの巧みな責めに、空也は翻弄《ほんろう》されるがままだ。

「ね、情けなくて、可愛い声、もっと聞かせてよ。ほらっ、ほらほらぁ」

「だから……いい加減にっ……うう……あううッ……」

「きゃははっ、アタシみたいな小娘に全然、逆らえないいんだぁ。しかも、空也っち先生、優しいから、乱暴なことしないもんね。だから、好き、大好きぃ」

甘く、ときにハードな責めを織り交《ま》ぜて凜々菜は空也を追いつめていく。隆々といきり勃った逸物の先はビクビクと震えて、我慢汁がとめどなく溢れた。

「けど、そんなだからアタシにオモチャ扱いされるんだって。こ〜んなふうにね♪」

凜々菜は陰嚢をぎゅっと摑みながら、足払いをかけてくる。

「うわっと……ととッ……」

バランスを崩した空也は、彼女の前で情けなく尻餅をついてしまう。

「んじゃあ、空也っち先生のこと、このまままいただいちゃうからぁ」

凜々菜はへたりこんだままの空也の腰に跨《また》がると、ズボンからペニスを取りだす。そうしてミニスカをまくりあげて、あでやかな黒とピンクのギャルショーツを曝けだすと、そのまま艶かしい桃色の光沢を放つクロッチ部を聳え勃った剛直へ擦りつけてくる。

「んふッ、くふぅんッ……せっ、先生に媚薬、飲ませるときぃ、アタシもだいぶ飲んじゃったみたいで……はぁ、はぁはぁ、あそこ熱くてぇ、たまんないし……だからぁ、このままセックスしよっ♪」

「んう、んううっ……俺が下なのかよ。教え子相手にっ」

「だってぇ、アタシのこと襲ってこない、ふにゃチンな先生がよくないいんじゃん。はぁはぁ、イマドキのＪＣは先生の頃より、全然大人なんだってば♪　スマホもあるし、セックスの知識だって、経験だって豊富なんだからぁ」

つるつるのショーツ生地で屹立をしごかれて、気を抜くと出してしまいそうだ。空也は射精を堪えながら、逆に彼女の股根を竿胴でごりごりと擦り返した。

「あひ、はひぃ、んいいッ……空也っち先生、そこぉ、ゴリゴリしちゃ……ふひ、んひぃッ、らめぇぇ……はぁ、はぁはぁ、お薬で敏感になってて、んあ、んあぁッ！」

薄い股布の向こうで濡れた淫裂が艶かしい濡れ音を響かせる。同時にショーツの内でラブジュースが零れて、股布に卑猥な染みを広げていく。

「けどぉ、先生も毎日、媚薬漬けで、我慢の限界だもんね。あん、あんん、あんんッ、そこ、いい、いいのぉ、気持ちいいッ……」

凜々菜はいやらしく下腹部をくねらせて、素股の愉悦を貪ってくる。ショーツ生地から滲みでた愛汁は秘棒にねっとりと絡みつき、濁った糸を引いた。

「ほらぁ、先生、出したいんだよね。このままアタシのショーツ素股で、んあ、んあぅッ、ザーメンびゅぐびゅぐって、気持ちよく吐きだしたいんだよね？」

「……し、知るか、そんなことっ。くぅ、くぅうっ！」

空也は強がりながらも、自らも竿胴を彼女の股に押しつけて、滑らかな肌触りのショーツごしに恥丘の柔らかな感触を堪能した。

勃起したいきりを突きあげて、スリットを擦りたてるたびに、凜々菜は歯を食いしばって身悶えして必死で耐える。

そうして倍返しとばかりに、艶腰を浮かせつつ左右に揺さぶって、空也のエラや裏筋など剛直の特に鋭敏な箇所に逆襲を加えてくるのだった。

「んう、んううっ……くそっ……」

尿道の奥から迫りあがってくる白濁を押さえこみながら、凜々菜の股根に切っ先をぐちゅぐちゅと擦りつける。彼女もそれに答えて、両の太腿をぎゅっと閉じてペニスを挟みこむような格好でしごいてきた。

溢れたカウパーと滲んだ淫蜜で彼女の股部はどろどろで、空也は剝きだしの性欲のままに雄竿を上下させて、凜々菜の素股に耽溺した。

暴発寸前まで追い詰められたところで、凜々菜は空也の腰に全体重をかけて、動きを封じてしまう。

空也が精を放ちたくてジタバタしても、最大限に勃起しきった怒張は放置されたまま。凜々菜の残酷な寸止めは続いた。

「それ以上は、ストップ♪　空也っち先生だけ、よくなっちゃうのズルすぎっ」

「けど、ここで止めるなよ。く、くそっ……」

「射精させないなんて、言ってないし。アタシだって、空也っち先生といっしょに気持ちよくなりたいだけだってばぁ……はぁ、はぁ…っ……」

凜々菜は艶かしく呼吸を荒げて、緩みきった口の端から舌をかすかにはみださせていた。

表情は妖しく蕩けきって、中学生にもかかわらず手練の娼婦のような淫気が立ち昇っていた。

「もっと、焦らしてぇ、先生のこと、いじめてあげたかったけど……もう、アタシもダメ……我慢の限界だし……あふ、はふ……はふぁ…っ……」

発情しきった凛々菜はボタンが半《なか》ば外れて乱れた白ブラウスの上から、張った双胸を自らの手で激しく揉みしだいた。

指先を乳肉に埋めるようにして、美しく整った胸乳の形をブラ越しに生々しくへしゃげさせていく。

凛々菜の緩んだ紅唇から吐息が零れて、瞳は熱く蕩けた。自らの乱れっぷりに酔い痴《し》れているのだろうか。彼女の艶姿《あですがた》に思わず生唾を呑んでしまう。

空也の上では、ＪＣの官能美溢れる乳揉みショーが繰り広げられていた。眼前で凛々菜が女体を妖しくくねらせつつ、うっとりとした美貌を曝していて、どうしても視線はそこへ釘付けになってしまう。

膣溝からはさらに多くの蜜が溢れて、猥雑な濡れ染みが股布に広がる。クロッチ生地のピンクは水気を孕んで、いっそう深く、艶かしい色に変わっていった。

「ぜぇはぁ、はぁ、先生のオチ×ポ、もらうから……」

凛々菜はショーツの股部を横へずらして、ぐっしょり濡れて、淫靡にふやけた秘裂を露出させる。

彼女が指先でクレヴァスをくぱぁと拡げると、内奥から溢れた愛液がどろりと、粘度を保《たも》ちながらゆっくりと滴り落ちていった。

「綾峰のおま×こ、ドロドロで……ごくっ、凄い濡れっぷりだな。さぞかしエッチだとは思ってたけど、想像以上だな。本当にお前、中学生なのかよ」

「だから、はぁはぁ、イマドキのＪＣはいっぱい遊んでるんだってば」

凜々菜はそそり勃った雄柱に狙いを定めると、浮かした腰をゆっくり落としてくる。

「ひあ、ひあぁッ……ほら、アタシのここ、ぐしょ濡れで、お汁溢れまくりだし」

雁首が膣口に当たって卑猥な濡れ音色を奏でながら、濡れた肉襞を押し拡げていく。

「くううッ……！」

切っ先をなま温かなぬかるみに包まれて、空也も思わず声を出してしまう。

中に溜まった蜜汁がどぷどぷと溢れて、空也の竿胴やその根元までも濡らした。

「んい、んいい……空也っち先生はこんなドスケベビッチに欲しがってるアタシのおま×こ、ず〜っと拒絶してて……こっちはマジ拷問だったし。先生が媚薬でハァハァしてる間、アタシも先生のいい身体思いだして、すっごく切なかったんだから」

「それは、わ、悪かったけど。でも、綾峰っ……やっぱり……」

「ここまで来て、もう遅いし。それとセックスしてるときぐらいッ、アタシのこと、下の名前で、ちゃんと呼んでぇ——あひ、あひぁっ、あっあぁあぁッ……」

凜々菜は一気に腰を落としてくる。そり返った剛棒を膣内に収めながら、彼女は背すじを弓なりにそらしつつ、上体をビクビクと震わせた。

凜々菜の蜜壺は完全にほぐれきっていて、膣粘膜が生々しく蠢いて屹立にねっとりと絡みつく。その心地よさのあまりに、空也は凜々菜が教え子ＪＣであることさえ忘れて、強くペニスを突きあげてしまう。

「あひ、あひぃ、あひぁぁッ……い、いきなひ、激しすぎぃ。さっきまで先生らしいこと言ってたくせに、オチ×ポ入れたら、いきなりケダモノみたいなセックスぅ、ちょっとズルすぎだってばッ！　あお、あおぅ、あおおッ！」

「すまん、綾峰っ。けど、我慢できなくて……んう、んううッ！」

「そこ、呼びかたっ。もっと激しくしても、全然ＯＫだからぁ、り、凜々菜って呼んでぇ……んふぅ、くふぅッ……んんッ、んふぅんッ……」

「わかったよ、凜々菜っ。けど、俺たち、教師と生徒だからな、そこ忘れるなよっ」

「大丈夫だってば。アタシだって先生とヤるのが、興奮するんだし。あん、あんんッ、先生のぶっといので、おま×こ拡げられながら、ぐちゅ混ぜぇ、いい、いいのぉッ……んあ、んああ、んっああーッ……」

凜々菜の秘筒は、女子中学生の膣とは思えないほど淫らに蠕動《ぜんどう》を繰りかえして、吐精を強烈に促してくる。その動きはまるで凜々菜とは別の意思を持った生き物ようだ。

空也は膣孔の強烈なバキュームに必死に耐えながら、凜々菜の名前を何度も呼びながら、無心なって下腹部を突きあげる。

そうして性欲の命ずるままに媚肉を荒々しく攪拌して、肉の淫悦に耽るのだった。

＊

「あ、あっ、ああーッ……そこぉ、もっと、もっとぉ、いっぱいちょうだいっ！」

凜々菜は空也に跨ったままで、猛り狂った雄槍で下からめちゃくちゃに突かれながら、自らも艶かしく腰を上下させて、逞しい体育教師の肉棒を堪能する。

「んふぅ、はふぅッ、はううッ……空也っち先生のオチ×ポ、もっと強くぅ、突きあげてきてッ、んひ、んひぃッ！」

「ああ、いいぞっ。凜々菜、めちゃくちゃに感じさせて、もう俺に生意気な口、利けないようにしてやるからな。そらっ、そらそらっ」

今まで我慢していたぶん、空也のセックスは完全に野獣のそれだ。

愛欲の命ずるままに幹竿を抜き差しして、膣孔をぐぢゅぐぢゅとシェイクする。そうして硬くそり返ったいきりの先端で、膣奥をぐりぐりと抉ってきた。

「あくぅッ……奥ぅ、いいッ……そこ、もっと来てぇ、あん、あんんっ！」

「ここがいいのか？　んん、んんぅッ！」

「うん、そこぉッ……あひ、あひぃ、あひぐぅッ……し、子宮までぇ、ズンズン響いて、マジたまんなさすぎっ！　んひぃ、んひぅッ！」

痺れるような愉悦が下半身に広がるたびに、凜々菜は喘ぎ乱れて、その痴態を空也に見せつける。彼のオスは強く煽られて、怒張を力強く突きあげてきた。

「ん、んんッ！　凜々菜、本当に淫乱なヤツだな。中学生と思えないよ。まったく」

「あん、あんんッ、だってぇ、媚薬でいっぱいエッチになっちゃってるから、仕方ないんだって……あふ、あふぁッ……」

凜々菜は感じさせられるたびに膣全体をいやらしく収縮させて、内奥から女の果汁を多量に溢れさせた。

それは結合部から垂れ流されて、空也の下腹部を濡らして、甘いメスの香りを周囲に漂わせる。

零れたラブジュースの濃厚な匂いに刺激されて、空也はますます猛って、腰を大きく跳ねあげて蜜壺の奥まで責めたててきた。

大きなストロークで雄槍がぢゅぷぢゅぷと膣内を出入りするたびに、張ったエラに淫液が荒々しくかきだされて、飛沫となって撒き散らされる。

「だいたい、空也っち先生のデカいオチ×ポや、鍛えた身体がよくないんだから。どんだけ寮内の女子、誘ってると思ってんの。先生、そーいうとこ自覚ゼロだしっ！」

「そんなの自分でわかるわけ、な、ないだろ。あう、あううッ！」

「ほらぁ、もう出しちゃうの。アタシ、まだ全然、イケるけど。中学生にセックスで圧倒されちゃうなんて、はぁ〜っ、情っさけなぁ♪」

「まだ、これからだろ。くそっ」

空也の手が凜々菜のバストに伸びてくる。白ブラウスのボタンを外して、そのまま脱がせようと引っ張ってくる。だが互いに腰をぶつけながらでは、上手くいかない。

前をだらしなく開いた半脱ぎブラウスで、凜々菜は淫らな騎乗位性交を続けた。上着がずれて露になった丸い両肩が抽送のたびにビクビクと震えて妙に艶かしい。

ぐしょ濡れの交合部からは抽送のたびに粘音が響き、愛液が淫靡に泡立った。

「あ、あ、ああッ、マジで先生、必死すぎ。おっぱい揉んでもいいから、あふぅ、んふっ……アタシの胸、どうせ、ず〜っと気になってたんじゃない？」

「そこまで言うなら、胸もいっぱい責めて、感じさせてやるからな」

空也の手はブラ越しに、凜々菜の美乳を揉みしだいてくる。根元からむにゅむにゅと搾《しぼ》るように揉みこねられて、少しずつ乳房の感度が上がってくる。

「あふ、あふ、あはぁッ……先生、大人のクセに余裕なさすぎ。女子中学生のおっぱい、モミモミしたかったんだよね？　言ってくれたら揉ませてあげたのに」

「教師がそんなこと、言えるわけないだろ。そらっ、凜々菜もだいぶ余裕なくなってきてないか？　媚薬飲んでるぶん、バストの感度もいいみたいだな」

空也は指先を巧みに動かしてふわふわのパンケーキのような胸乳を揉みこねつつ、ブラ越しに乳先をグリグリとこねまわしてきた。

「あひ、んひぃ……ちっ、乳首ぃぃ……そんらにしたらぁ、マジぃ、へ、変になるぅ、変になっちゃうッ、んあッ、んああッ！」

黒い縁取りのあでやかなピンクブラごと、バランスのよい乳球を揉みくちゃにされる。そのままブラをずりあげられて、ぷるんとまろびでた双塊に手指が潜りこんで、それを押し潰し、たわませていく。乳頭はさらに膨らんで、サクランボのようにぽってりとした淫らな実りを見せていた。

「あふ、はふぅ、あふぁぁ……もう、おっぱいばっかりぃ、こんなに男らしい身体してんだからぁ、力任せで野生動物みたいにガンガンきてぇ」

「もちろん、こっちも休憩なしだからな。んッ！　んんッ！」

「ひぅ、ひぅッ、んひぅッ……乳首、コリコリしながらぁ、いっぱいおま×こ突かれてぇ、まだお昼なのにぃ、アタシ、めちゃくちゃ乱れちゃってるしッ！」

乳嘴を引っ張られたり、激しく抓《つね》られたりしながら、同時に凜々菜の秘穴は荒々しく責められつづけた。

そうして凜々菜自身も腰を前後左右に妖しくくねらせて、剛直の硬さや熱、そして張ったエラの感触を蜜壺で受けとめる。

甘い愉悦が背すじを幾度も貫いて、脳天で弾けるたびに、頤を大きくそらして、奔放に喘ぎ、乱れた姿を曝した。

空也が見ていると思うと、ますます劣情は昂って、ビッチな姿を曝けだしたくなる。彼だったら、どんなに淫らな自分でも受け入れてくれる気がした。

「ひぐ、ひぐぅ、んひぐぅ……アタシ、マジでぇ、こんなに乱れるのっ、初めてかもぉ。完全にセックスビーストってカンジぃ、んひ、んひぅん、ふひぃんッ……」

全身から噴きだした凜々菜の汗が玉となって、身体を震わせるたびに飛び散る。悦楽の炎に全身を焼かれて、絶頂はすぐそこまで来ていた。

「これで、わかっただろ。あんまり調子に乗ると、どうなるかなッ！」

「ひぐ、ひぐぅッ……ちょっと、ら、乱暴すぎだってぇ……空也っち先生こそ、調子乗りすぎぃ。今も我慢してるけど、射精したくって、仕方ないんだよねっ。アタシの中にこのまま、ドバ出しぃ、しても全然、いいしッ。むしろ、してぇ、ザーメン思いきりぃ、奥で、ひぃ、ひぃんッ、ぶちまけてぇぇ――ッ！」

「な、なに、バカなこと、言ってるんだ。そんなこと、あぐぐぐぅッ――」

空也の言葉が終わるよりも先に、凜々菜の手はぎゅっと彼の怒張の根元を強く握った。指先ががっちりと竿根に食いこんで、白濁液の通り道を塞いでしまう。

「こら、お前っ……なにして、ぐ、ぐぐぅ……」

「ほらぁ、おま×こ締めながらぁ、先っぽシコシコするだけで、もう出しそうってカンジ？　あはっ、びゅぐびゅぐって精液、吐きだしたくて、たまんないんだよね♪」

「う、うるさい……凜々菜になにがわかるんだよ。あう、あううッ」

「こうやって、おま×こでしごくだけで、オチ×ポがビクついて、射精したがってるの丸わかりだし」

「う、ううッ……」

さすがに図星らしく、空也は黙りこんでしまう。

「ね、こうやって寸止めのまま、みんなが帰ってくる時間まで、ず～っといじめてあげよっか。きゃはははっ♪」

「そ、それも困るっ。くうっ、くううッ！」

射精衝動に襲われたのだろう。ビクンビクンと竿胴が引き攣って、空也の腰がかすかに跳ねあがった。

だがペニスの先から精が吐きだされることはなく、行き場を失った粘汁がわずかに垂れ流されるだけだ。

（……ああ、先生、苦しそうで。はぁはぁ、なんか見てるとゾクゾクしてきちゃう。もう少しいじめちゃっていいよね♪）

凜々菜自身ももう少しでイキそうだったが、空也に寸止めのまま責めることに嗜虐的な愉悦を感じていた。

「空也っち先生、またイっちゃの？　あん、あんんっ、アタシもいい、いいッ、マジでクルぅ。おま×この敏感なとこに先生のエラがごりごり擦れて、ふひ、くひ」

凜々菜はサディスティックな高揚感に包まれながら、下腹部を小刻みに上下させて、空也の穂先を集中的に責めつづける。

浮かせた細腰を大きく揺さぶって、教師の剛直をディルド代わりにして、Gスポットへの刺激を余裕を持って楽しみつづけた。

（空也っち先生のこと、ますます可愛く思えてきちゃったぁ……）

膣壺を悦楽で蕩けさせられながら、凜々菜の下で苦しげに呻く空也の姿をいつまでも眺めていたいとさえ思うのだった。

一方の空也は幾度も空撃ちが続いて、欲求不満だけが溜まっていく。

どうにかして煮え滾る情欲の塊を外へ出したいと、呻きを漏らしつつ、猛り狂う逸物を大きく上下させてしまう。

「んう、んううッ、またッ……んんん——ッ！」

だが、尿道の根元を押さえこまれて、勢いよく子種を放つことができない。

だらだらと粘った液が力なく膣内にじんわりと溢れて、拡幅《かくふく》されきった蜜孔から零れだすのだった。

「きゃはは、先生、マジでダサすぎっ♪　アタシがオチ×ポの根元、ぎゅううううって、しちゃってるからぁ、絶対に射精とかムリだってば」

凜々菜が再び淫らに艶腰を揺さぶると、膣粘膜が生々しく収縮する。

そうして、おま×こにしごかれた教師チ×ポが子種を吐きだしたくて、ビクビクと脈打つのがはっきりと伝わってきた。

「あはっ、先生のデカマラぁ、また射精の準備始めちゃってる。ね、出させてほしいんだよね。だったら、そうお願いしないとダメじゃない。先生と生徒とか、そーいうの関係ないし」

「わ、わかったよ。頼む、出させてくれっ……これ以上は……」

空也の言葉を聞いて、凜々菜はにんまりと微笑む。

「ちゃ〜んと言えて、先生エラいっ。授業のときみたく、アタシが褒めたげる」

と、そこで言葉を止めて、目を細めたままで蔑んだ目を向けてきた。

「けどぉ、どうしよっかなぁ。このまま先生をオモチャみたく、エッチにイジめるの、ちょ〜楽しいし。最高のエンターテイメントってカンジぃ？」

「くそ、お前っ……わざわざ、恥を忍んで、言ったのに……んくぅ、くうぅッ……」

「そんなに怒んないでよ。冗談だってばぁ……はぁ、はぁはぁ、だって、アタシもこんなに立派なデカチ×ポ、おま×こにハメハメしたままぁ、イケないなんて、マジで、ヤバいってぇ……」

凜々菜は頬を紅潮させて息を乱しながら、腰づかいを荒々しく加速させていく。汁気をたっぷり孕んだ蜜壺のヒダヒダが擦られて、ずちゅずちゅと淫猥な粘り音が高らかに響いた。

「あひ、んひぃッ……ほらぁ、空也っち先生、いっしょに気持ちよくなろっ。おま×この奥まで、いっぱい責めてぇ、アタシのこと、めちゃくちゃにしてぇッ！」

空也の根元を押さえこんでいた手を離すと、凜々菜は空也の胸板に手を突いて、下腹部を振りたてる。括れた柔腰を艶かしくグラインドさせながら、剛直にさらなる抽送を促してきた。

「いくぞっ。後悔するぐらい、イカせてやるからなッ！」

空也は凜々菜に奪われていた主導権を必死に取り返すかのように、体育教師のスタミナに任せて、激しい突きあげを繰り返した。

雁首の張りだしに入り組んだ膣ヒダを引き伸ばされて、そのまま膣奥を切っ先で何度も抉られる。身体を跳ねさせて、着地するたびに子宮口はほぐされて、少しずつ硬い穂先を受け入れてしまう。

「ひう、ひうう、ひうぐぅッ……あ、ああっ、子宮の入り口ぃ、ガンガン突かれてぇ、すごい、すごいのぉッ……んひ、ふひぃ、ふひぐぅ……んひぐぅんッ……」

凜々菜はお椀型の美しい双乳をぶるんぶるんと上下に艶美に振り乱しながら、空也の上で淫らなロデオダンスを披露した。

「はぁはぁ、先生っ、暴れかたも、チ×ポも馬並みでぇ、教育者やってるより、ＡＶ男優のほうが向いてるんじゃないのッ！」

跨った暴れ馬の怒張に秘筒をかきまわされて、子宮まで歪《ゆが》むほどのピストンラッシユに曝されながら法悦の極みへと昇っていく。

「こんなにしたのは、凜々菜がエロいからだろっ。んう、んううッ、奥のコリコリしたところ、最高にいいぞっ。んん、んううぅ――ッ！」

騎兵の突撃のように膣奥を襲ったランスは、すぐさま子宮口を割り開いて、ずぶぶぶと禁域へ押し入ってきた。

「ひぐぎぃ……ひぎ、ひぎぅぅ……空也っち先生、このまま出してぇ……アタシっ、今日はマジ安全日だからぁ……子宮に直接、先生のザーメン、出してぇぇ――ッ！熱々のフレッシュな精液ぃ、奥で思いきりっ、感じたいのぉ――ッ!!」

「ああ、いいぞ。このまま出してやるッ！　生意気な生徒の子宮にナマ出しっ、してやるっ!!」

空也は子宮内に剛直を潜りこませたまま、拡幅された子宮口のあたりを亀頭で小刻みにかき混ぜてくる。そうして射精の前動作で竿先がビクンビクンと大きく跳ねて子宮内膜を激しく叩いた。

内臓にまで響く鮮烈な歓喜の嵐に呑まれて、凜々菜は絶頂へと昇っていく。

「んいいいッ、い、イグぅぅ……アタシぃ、もうっ、イグのぉッ……ひぐ、ひぐぐう、ひぎぐぅッ……んひぐぐぅぅ、ぅぅ……」

「俺もだ。このまま子宮に、だ、出すぞっ！　うおおぉ――ッ!!」

「はひぃ、はひぁぁ……あひぁぁッ……熱くて、濃い先生の子種ぇ、いっぱい流しこまれてぇ、イっぐぅうぅぅ……あっぐぅうううぅぅ――ッ!!」

多量の生殖液をダイレクトに子宮に吐きだされながら、凜々菜は大きく果てるのだった。空也の吐精はとどまるところを知らず、子宮内は白濁液であっという間に満たされて、逆流した粘汁は結合部からだらだらと零れた。

「はぁっ、はぁ、はぁ……ドバ出しされて、マジうれしいけどぉ、先生、マジで出しすぎだってば。ホント、ちょ～絶倫くんじゃんっ♪」

凜々菜は満悦しきった笑みを浮かべつつ、腰をねちっこく揺さぶりつづけた。そのたびに膣粘膜が自発的に蠢いて、空也のミルクを搾りとっていく。

「あひ、ふひぃ……んひぃぃッ……まだぁ、びゅぐびゅぐって、精液の噴水、上がりまくりでぇ……まだまだ、イケそうなカンジぃ……あひ、ふひぃ……」

「こんなにエッチに煽られたら、仕方ないだろ。それに媚薬のせいもあるし……」

落ち着いた空也にそう言われて、凜々菜は彼のことを愛おしく感じながらも、ひどく意地悪したい気分になった。

「あ、空也っち先生……安全日ってウソだからぁ。本当は危険日、ド真ん中っ♪　これだけ出されたら、アタシ、絶対確実、百パーセントっ、妊娠してるってカンジ？」

「おいおい、本当かよ……」

「うん、してる。先生は責任とって、アタシとゴールインだよね。きゃはっ♪　式場とか、どうしよっか？　ね、聞いてる〜？」

「……まあ、そうなったら、そのときだな。はぁ〜っ……」

空也の答えを聞いて、凜々菜は小悪魔の笑みを浮かべる。

「あ〜、先生！　今、本気にしたぁ。だいたい、中学生の子宮にナマ出しなんて、教育者の自覚ゼロだよね、あはっ♪」

「大人をからかうなよ。お前らと違って、いろいろあるんだからな」

「……ごめんっ。けどぉ、空也っち先生とのセックス、マジよかったぁ。まだ精液のぬくもり、お腹で感じて……ちょっと動くだけで、中でちゃぷちゃぷしてる……」

凜々菜は空也のいきりを咥えこんだままで、身体をゆっくりと倒すと、仰向《あお》けの彼の身体にぎゅっと抱きつく。

「……あん、先生、怒らないで。好き、好き、大好きだからぁ♪」

そうして鍛えられた胸板に頰ずりしながら、子猫のようにじゃれつくと、空也はなにも言わずに強く抱き返してくれる。

（はぁ～、先生、ちょろすぎぃ……逞しくて、かっこよくて、でも、ちょっと憎めない。そういうところが、なんかいいんだけどっ♪）

少し身体を起こすと、凜々菜はニッと笑ってみせて、自分から積極的に空也の唇を奪い取るのだった。

＊

凜々菜の甘いキスを受けとめながら、彼女につい流されてしまう自分がつくづくイヤになる。けれど、じゃれついてくる凜々菜はやはり可愛くて、多少のわがままなら許したくなってしまう。

（……このままだとマズいよなぁ。う～ん）

彼女のさらさらショートヘアが首筋を心地よく撫でてきて、漂う甘いギャルの匂いに思考が麻痺させられていく。

（奔放なとこがいいのかもな。けど、教師としては困るな。示しがつかないし）

凜々菜のしなやかな身体の抱き心地を楽しみながら、そんなことを思う。

と、彼女の視線が脇へ向いているのに気づく。そこには時計があって、もう生徒たちが帰ってくる時間だ。

「ああ、もうこんな時間だな。ほら、凜々菜、どいてくれよ」

「ダ～メ。もう少しだけぇ」

「甘えすぎなんだってば、ほら」

「だって、この時間まで、先生をここに引き止めとくって話になってんだもん」

「それって、どういうことだ？」

「だからぁ、説明すると長くなるんだけど……アタシが先生とエッチしまくったあと、そのおすそわけをみんなでするってこと♪　別にいいじゃん。先生もまだザーメン、溜めこみまくりだし、いくらヤリまくってもオチ×ポ、減らないんだから♪」

跨ったままで、凜々菜はペロりと舌を出した。

「お、お前っ！　俺のこと、ハメたな。ほら、早くどけって……う、ううっ……」

先ほどからの激しい性交ですっかり消耗してしまって、身体に力が入らない。腰に乗った凜々菜の身体を押しのけることさえできない状態だ。

「あ、来たきた♪　みんな、こっち～」

管理人室内にはすでに複数の女子寮生がいたようだ。彼女の呼びかけで部屋に入ってきたのは、凜々菜とよくいっしょに絡んでいるギャルＪＣたちだ。

「凛々菜、マジお手柄〜。早く帰ってきて、よかった〜♪」

「本当、凛々菜、すっごい。あの堅物の先生とヤリまくりなんだね」

「ウチらも、先生とセックスさせてっ」

仰向けになったままの空也と跨った凛々菜を見て、待ってましたとばかりに舌舐めずりをする。

「……こんなところ、大勢に見られちまって……お、終わった……」

見知った複数の女生徒に好奇と蔑みの目で見られて、空也は心を折られてしまう。中には空也を積極的に誘惑してきていた女子もいた。

「大丈夫だってば。誰も学園にチクったりしないし。つーか、みんな、響っちと先生がセックスしてたこと知ってるよ。あはっ」

「って、凛々菜……お前がしゃべったんだろ……」

狭い座敷の中は吐きだされた精とラブジュースの濃厚な匂いで満たされていて、その雰囲気に当てられて、女子生徒たちはすっかり発情してしまっていた。

「はぁ、はぁはぁ……なんか、ここにいるだけで、あたし、エッチな気分になっちゃうって」

「凛々菜とだけなんて、ずるいよ先生。はぁはぁ、私ともドスケベなことしてっ」

「あ〜、ウチも♪　抜け駆けはナシだから」

ギャル中学生たちはふだん、押さえこんでいた性欲を解放して、自らブレザーの上着を脱いで、ブラウスのボタンを解《ほど》いていく。

なま白く瑞々しい肌とブラが覗いて、そこに視線が釘付けになってしまう。女子中学生の生ストリップは時間を止めてしまうほどの魔力があった。

彼女たちはスカートも脱ぎ去って、あでやかなランジェリー姿を曝けだす。オレンジ、グリーン、白とまぶしくも色香溢れるブラにショーツ、めくるめく光景に空也はしばし圧倒されてしまう。

そうしてＪＣたちは瞳を爛々《らんらん》と輝かせながら、仰向けのままの空也に襲いかかってくるのだった。

「あ……や、やめろって……落ち着けよっ、話せばわかるから！」

空也はまるで飢えた肉食獣の群れに放りこまれた草食動物のような状況で、息を荒げた肉食女子たちにすぐさま唇を奪われてしまう。

「あふぅ、ちゅぱ、ちゅ、ちゅぶぅ……先生の唇、奪っちゃったよ。んふ、くふぅ……ほらぁ、あたしのベロに、先生のベロ絡めてぇ、もっとやらしいキス、いっぱいつづけよっ……んちゅぶ、ちゅぱっ……」

「あ、ダメぇ、私もキスぅ……ちゅぱ、ちゅぱちゅぱ、んちゅぷ、ちゅぷッ、ちゅぷぅ……んちゅぅ……先生の唾液もちょうだい……んぢぅ、ぢぅ、ぢぅるッ……」

「んうぅッ……は、話を……んん、んふぅ……」

二人のJCから交互にキスを求められて、それに応えるので精一杯になってしまう。

別の女生徒は凜々菜に代わって、空也の腰に跨ってきた。

ショーツを脇へずらして、ぐしょ濡れの膣を露出すると、媚薬で勃起したままの屹立を呑みこむのだった。

「こら、上にま、跨るなって……くううっ……」

「あんっ……でも先生、ウチの中で大きくなってぇ、はぁはぁ、はぁ、うれしそうにヒクついてるよぉ。このまま動くからっ、もっとよくなってッ！」

左右からのWキスで窒息しそうになりながら、別の女生徒に騎乗位で責めたてられて、空也はされるがままだ。

「あはっ、空也っち先生、気持ちよさそう♪　女の子だったら、輪姦《まわ》されてるって状況だよね」

凜々菜は膝立ちのままで空也を楽しそうに見つめつつ、自身の秘口をぐちゅぐちゅと指先でかき混ぜる。内奥からトロトロの蜜が溢れて、それがゆっくりと粘った糸を引いて、畳を濡らしていた。

凜々菜は空也が三人のＪＣから犯されるという淫らすぎる状況に酔い痴れつつ、自らも淫らな行為に耽るのだった。

やがて必死に空也の唇を貪っていた女生徒の一人が我慢できなくなったらしく、ショーツを脱ぐと、おま×こを大胆にも見せつけてくる。

「先生ぇ、あたしのおま×こも、よくしてよぉ。このまま、か、顔の上に乗ってもいいよね……はぁ、はぁ……」

すでに彼女の膣もぐっしょり濡れて、曝けだされた淫裂がふやけきって、内奥から濃厚なラブジュースがとめどなく溢れていた。

「はぁッ、はぁ……それって顔面騎乗ってことぉ……アタシだって、やったことないのに……ちょっと、やらしすぎだってばぁ……」

脇で見ていた凜々菜はそのシチュエーションを想像して昂ったのだろう。自身の秘処をまさぐる手の動きが加速する。淫靡な水音がじゅぷじゅぷと大きく奏でられて、飛沫があたりに撒き散らされた。

「……んちゅぱっ……で、でもぉ……私、先生が顔騎でいたぶられるとこ、見てみたい……ちゅぷ、ちゅぱちゅ、ぷはっ……ほらぁ、いったんキス、やめるね……」

いっしょにキスしていた女生徒がさっと退《しりぞ》く。

「顔の上に乗るって。やりすぎじゃないか……」

空也の制止もむなしく、顔面の上あたりにさっきの女生徒が跨ってきたかと思うと、そのままゆっくりと腰を下ろしてくる。

清らかなはずのＪＣの姫割れは愛汁でドロドロになって、内奥から強烈なメスの匂いを漂わせていた。アンダーヘアはほとんど生えておらず、入り組んだ秘唇やかすかに顔を覗かせたクリトリスまで、丸見えの状態だ。膣口の奥では折り重なった襞がヒクヒクと妖美に蠢いていて、ＪＣのおま×ことは思えない。

「や、やめろって……エッチな汁が顔に垂れてきて……ん、んんん……」

それがかえって空也の昂りをさそって、そこに視線を集中させてしまう。

同時にすでに咥えこまれていた屹立はギンとそり返って、馬乗りになっていた女子に悦びの喘ぎをあげさせた。

「このままぁ、あたしのおま×こ、いっぱい味わっちゃって、先生。体重かけるのは、ほどほどにするからっ。んあ、んああッ♪」

ＪＣの生ま×こをぐぢゅぐぢゅと擦りつけられて、鼻先が汁まみれになる。同時に噎《む》せ返るような膣の匂いが鼻腔をいっぱいにして、肺まで満たした。視界は彼女の恥丘の膨らみで覆われて、柔らかな秘弁が鼻から唇に擦りつけられた。

「んぶぶ、んんぶぅ……く、苦しい……い、息が……ぐっ、ぐううっ……」

空也は窒息寸前になりながらも、溢れるＪＣの果汁を啜って、その濃厚な味と馥郁《ふくいく》とした香を堪能してしまう。

「やめろって言いながら、あたしのマン汁、啜りまくってるし。あひ、はひぃ、ほらぁ、もっとしっかり飲んで。中もベロでぐちゅ混ぜにして」

昂ったＪＣが溢れさせる岩清水のようなシロップ。その迸りをすべて飲み干すことなどできず、口腔でいっぱいになった蜜が唇の端から溢れた。

「あんんっ、先生、頑張ってよぉ。いっぱい濡れぬれま×こ擦りつけて、あたし、先生の顔でもっと気持ちよくさせてもらうから……んひ、ふひぃッ！」

さらに強くラヴィアが押しつけられて、空也は酸欠で朦朧《もうろう》とした状態だ。

「んふ、乳首も硬くなって、んぢぅ、ぢぅぅっ……私、先生の胸いじめるの、クセになっちゃいそう」

「本当っ、アタシらがちょっと舐めただけで、こんなに乳先を勃起させるなんて、感度ヤバすぎだってば」

凜々菜と手の空いた女子は空也の乳頭を舐めたり、コリコリと責める。

「ウチも先生のオチ×ポ、いい、いいのっ、マジ最高っ。おま×この奥まで当たってぇ、ビッチな腰振りダンスぅ、もっと激しくしちゃうってばぁ」

下腹部に跨った女子も生温かいＪＣマ×コを剛棒にねっとり絡めて、いやらしく身体を跳ねさせて、心地よくしごきたててくる。

若く潑溂とした女体が上下するたびに、ペニスは甘くしごかれて、射精欲求が高められる。暴発までは時間の問題だ。

（うう……このままだと……）

窒息して皮膚の感度がさらに上がっていくなかで、顔面、屹立、両の乳首と四箇所をいっせいに責められて、空也は何度も軽くイキつづけた。

「……んんッ……んっんん――ッ……!!」

空也は恥肉で口元を塞がれながら、くぐもった呻きとともに、跨ったＪＣの膣奥で多量の精を噴きあげるのだった。

「ああんっ……先生のザーメン、出てる、出てるぅ。ウチのおま×こに、あひぃッ、直撃してるぅッ！」

さらに中出しされた女生徒は身体を上下させて、空也の生殖液を搾りつづけた。勃起した乳嘴へのキス責めも続いて、その甘美な刺激でも果ててしまう。絶頂が繰り返されて、ペニスでイったのか、乳先でイったのか、それさえも判然としない。

「あんっ、アタシも先生の顔で、オナりたいっ。ほらぁ、ちょっとズレって」

おそらくは凜々菜の声だろう。

そんな言葉とともに、口元を塞いでいた秘裂が目元へずれて、完全に視界がブラックアウトする。同時に柔らかな濡れ肉がぐりりと唇へ押しつけられて、大量のラブジュースが口腔に流しこまれた。

「……お前ら、加減ってものを……んぶぶぅ……んんッ、んっんんん……」

顔面に体重がずしりとかかって、もう一つのおま×こが口の上に乗ったことはわかった。それがおそらくは凜々菜のものだということも。

空也は舌をなんとか伸ばして、凜々菜のクリや膣口をレロレロと責めたてる。

「ひぃ、ひぃんっ……あははっ、まだ頑張るんだ。さっすが空也っち先生。けどぉ、どこまで頑張れるかなぁ」

凜々菜は股間を小刻みに動かして、空也の顔の凹凸を存分に楽しむ。じゅぶじゅぶと舌が膣内に潜って、内奥がかき混ぜられることさえ、彼女は楽しんでいるようだ。

「あん、あんんっ、先生の顔オナっ、いい、いいのぉ、気持ちいいッ！」

さらにクレヴァスから淫汁を大量に溢れさせる。顔中を汁まみれにされて、呼吸さえも満足にできない。

（……う、うう……クソっ、やられっぱなしじゃないか……）

次第に意識が薄らいでいく空也だったが、悔しさ以上にJCたちから上位で責められることに深い悦びを覚えてしまっていた。

（……ダメだ……だんだん気が遠く、なって……き……て…………）

だが多勢に無勢。空也は四人のＪＣたちに５Ｐで弄《もてあそ》ばれた末、トドメのＷ顔面騎乗で失神させられてしまうのだった。

少しして、再び空也が気づいたときには、多くの女子寮生も帰宅してきていた。管理人室も、奥の畳の部屋にも多くのＪＣがいて、完全に曝しものになっていた。

「……くっ……こ、これは………」

真っ赤になりながらも興味津々《しんしん》で遠巻きに見守る女子生徒、手を出そうとしてくる積極的な生徒、それらを払いのけてくれているのは響だ。

「だ、ダメですぅ。先生はボクの、ボクのものなんですからっ！」

「ひ、響。それ、なんか誤解されるから……」

「そうだよ、響っち、空也っち先生はみんなのものなんだからぁ。希望者はいつでもセックスしてくれるって。その代わり、学園には秘密ねっ♪」

制服姿のＪＣに囲まれてジロジロ見られるだけで、かえって興奮して、空也の屹立は再び隆々とエレクトしてしまう。

そばには真面目そうな絵理沙もいて、縁なしのスマートな眼鏡の位置を少し直しながら、空也のいきりに見入っていた。

「スポーツで鍛えた、いい体でらっしゃいますし、先生のもの、逞しいだろうとは、思っていましたが……これは、想定以上のものですね……ごくっ……」

長い黒髪の合間から覗く喉元が艶かしく動くのが、はっきりとわかる。

「とても、興味深いです……」

惚けきった顔のままで視線を幹竿に注いだままだ。

「たっ、高嶋まで……こんなヤツらに、毒されちゃダメだからな……」

「……あ〜、空也っち先生、この子のこと、知らないんだぁ。まあ、ふだんは真面目な、いいコちゃんだもんね」

凜々菜の言葉に対し、絵理沙はコメントすることもなく、スルーするのだった。

「とにかくっ、解散！　ほらっ、解散しろって」

空也は勃起したペニスを曝したままで、身体中ドロドロ。まったく説得力はなかったが、集まった女子生徒たちをなんとか追いだそうと大きな声を出す。

（……はぁ～っ、凜々菜に完全にしてやられたな……覚えてろよ……）

だが、空也の不幸はそれだけで終わらなかった。

「ちょっと、どいてっ。通してよっ！　なに、集まってるのっ」

女生徒を押しのけて入ってきたのは、義妹の紘香だ。

「な、なにやってるのよ！　おっ、お兄ぃ――じゃなくて、九頭竜川先生っ！」

「あ……っと、紘香……」

「なに、下の名前で呼び捨てしてくるの。しかも、変なもの剝きだしにして、こんなに大勢の女子とエッチなことして。不潔よっ！」

「これは、違うんだ……」

「なんにも違わないから、不潔な九頭竜川先生なんて、大嫌いっ！」

「……だから、事情を」

立ちあがろうとした空也を見て、紘香は少しあとずさる。

「いやぁあああぁ――ッ、近寄らないでッ!!」

憤った紘香の足先にそり返った逸物を軽く蹴りあげられて、射精衝動が下腹部で弾けた。

「あぐぅぅッ！　くぅぅ……くっうううぅぅ――ッ!!」

そうして空也は集まったＪＣたちの面前で、夥しい量の白濁を高々と噴きあげてしまうのだった。

＊

紘香は憤りを抑えられないまま、足早に管理人室を立ち去った。

凜々菜は紘香を慌てて追いかけてきて、ロビーで彼女に捕まってしまう。

「ちょっと……なに、怒ってんの？　教えてもらった媚薬だって、すっごく効いたのに。紘香っちも、先生とエッチなことしてみたらぁ？」

凜々菜は制服を整えると、そっぽ向いた紘香の顔を覗きこんできた。

「……うん、考えとく」

目が合うと、心の奥まで見透かされるような気がして、再び目をそらした。

「空也っち先生とのセックス、マジでよかったし。体育の先生で鍛えてるから、いい身体してるし、スタミナもすっごいの。それに、先生とヤってる背徳感ってヤツ、ゲロヤバだって……」

興奮気味な凜々菜の感想を聞くたびに、紘香の表情は強張ってしまう。ドス黒い感情が心の内側に広がっていくのが自分でもわかった。

（……なんで、あんな簡単に生徒とエッチしちゃうのよ。しかも、みんなと仲よくなりすぎだってば）

他の女生徒と空也が乱れている現場を見て、紘香は自分で思う以上に取り乱してしまっていた。

「やっぱり媚薬のせいかな、先生がその気になったのって」

「……そうかも。けど、九頭竜川先生、もう少し頑張るかと思ったんだけど」

「けどさ、紘香っちが言ったんじゃん。先生、ちょろそうだから、迫ったらすぐにいけるかもって」

凜々菜にそう言われて、紘香は黙ったままだ。

「まあ、そうなんだけど……ちょっと、拍子抜けしちゃって……」

「紘香っち、な～んか、不機嫌そうだし。どうしたの？」

「不機嫌じゃないから、その、一人にしてよ……」

「ま、いいけど。紘香っちも素直になって、先生とのエッチ楽しめばいいじゃん」

紘香は黙ったままでロビーをあとにした。

「あ、そっかぁ……昔、好きだった、お兄ちゃんを忘れられないとか？　ね、やっぱり、そうなんだ？」

背後から凜々菜に指摘されて、複雑な思いが胸中を駆け巡《めぐ》った。

（……その九頭竜川先生が、私のお兄ちゃんなんだけど）

けれど空也のことを、寮の誰もが紘香の義兄で、思い人だとは知らない。それに今さら、そのことを言いだせるような雰囲気でもない。

大好きな義兄が、他の女子とハーレム状態で淫行に耽っている姿が脳裏に焼きついて、いつまでも離れない。

そのことに鬱々《うつうつ》としながら、紘香は一人、部屋へ戻るのだった。

第三章　媚薬を牛耳るエロ生配信者

管理人室奥での５Ｐ事件以降、空也は性欲を持て余したＪＣたちから頻繁《ひんぱん》に迫られることになった。

ただでさえ激務の教師業に、寮の管理人の仕事、その合間に女生徒たちの相手と、空也は多忙な日々を送っていた。

傍から見れば初々しく元気な生徒たちとのエッチは、うらやましくも見えただろう。

だが、女子中学生の性欲とエッチな好奇心は留《とど》まるところを知らず、保険体育科の教師で他の人よりもタフな空也にとっても、相手をするのは大変だ。

しかも凜々菜の影響のせいか、複数人のＪＣから嬲られるようなセックスばかり。

完全に女子中学生のオモチャ扱いで、教師としての威厳は地に落ちていた。

しかも唯一の身内で、味方だと思っていた義妹の紘香にまで、寮を出ていくなら早いほうがいいんじゃない、と突き放される始末だ。

どうやら空也と女子寮生たちとのハーレム状況がどうにも不満らしく、彼女の言動の端々《はしばし》からそれが伝わってきていた。

(……けど、当の俺にだって、どうにもできないからな。ううん、困ったな)

空也はこの屈辱的な状況を耐え忍びつつ、凜々菜たちへ逆襲するべく、その機会を窺うことにした。

まずは、例の媚薬のことだ。

とりあえず、いろいろな女子寮生に聞いてみたが、知らない子のほうが多い。

知っていそうな女子は凜々菜から固く口止めされているのだろう。結局、誰も話してくれない状況だ。

(う～ん、アレの出所《でどころ》が知りたいな。けど、全員に聞くわけにも……)

空也が管理人室で思案していると、ちょうど外のロビーを響が通りかかった。

(響だったら話してくれるかもな……よし……)

空也が管理人室内へ手招きすると、彼はスキップして中へ入ってきた。

そこで空也はドアを閉めて、響を壁際まで追い詰めた。

「な、響。ちょっと、いいか？　前にクッキーに入ってた媚薬のことで、知ってることを教えてほしいんだけど」

「そんな……ボク、たいしたこと知らないです……あれを用意したの、凜々菜さんですし……」

壁際に彼を追い詰めたまま、キスの距離まで迫る。

響はいわゆる壁ドン状態で、真っ赤になったままで空也から視線を外すが、まんざらでもない様子だ。

（俺も響みたいな可愛い子に好かれて悪い気はしないけど、いろいろ、複雑だよなぁ……）

響の恋心を利用することに良心が少し痛んだが、今は仕方がない。

「頼むよ、響。お前の知ってることだけでいいから」

「あうう……ち、近いです……前は、媚薬でぽおってなってましたけど、あらためて近くで空也先生の声を聞くだけで、はぁはぁ、変になっちゃいそうです……」

間近でじっと見つめると、響も熱く潤んだ瞳で見つめ返してきた。

「し、知ってること、全部、話しますから……その、き、キスしてください」

「え、あ……キスか……よし、わかった……」

そう言ったものの、空也も今は冷静な状態で、媚薬に犯されているわけではない。

一度、身体を重ねた間柄だったが、妙に気恥ずかしい。空也は響の顎先に手をかけて、少し上を向かせると、意を決して、彼の唇を奪った。

「んちゅ、ちゅ……ちゅぱ、ちゅぶぅ……空也先生……好き、です……」

唇を貪ってくる響に応えて、空也も激しいキスを返した。

「……先生、またボクのこと、愛してください……」

「ああ、また今度な」

ぎゅっと抱きついてくる響を、空也も強く抱き返した。そのまま体温を共有しながら、互いの吐息が感じられる距離で会話を続けた。

「で、知ってることって、なんだ？」

「そうでした。ええと、媚薬のことですよね。あの手のエッチなものって、たいてい絵理沙さんあたりから流れてくるんです。ボクも最近、知ったんですが……」

「絵理沙って……もしかして、高嶋のことか？」

聞かれて、響は大きく頷いた。

「その……絵理沙さん、よく通販で物を買うじゃないですか。あれって、エッチなグッズらしくて。みんなも絵理沙さんを通じて、それを手に入れるんです。だから、誰も先生に話してくれないのかも……」

「確かに。もし俺が管理人室に来る荷物をチェックしはじめたら、大変なことになるもんな……」

女子寮生たちがなにも話してくれない理由がやっと腑《ふ》に落ちた。

(高嶋か。当たってみる価値はありそうだな)

空也が黙って考えこんでいると、響が心配そうな顔をする。

「あ、あの……ボクが言ったって、その……」

「もちろん言わないよ。話してくれて、ありがとう」

空也が響の頬に軽くキスすると、彼はうれしそうに身を震わせるのだった。

「せ、先生のお役にたてて、うれしいです……」

恥ずかしそうに俯きながら、そう告げる響はどんな女子よりも恋する乙女だった。

＊

翌日。空也は寮の廊下で絵理沙に声を掛けた。

少し探りを入れるつもりだったが、彼女のほうから、

「空也先生のお知りになりたいこと、お話し致します。その代わり、私のお願いも聞

いてくださいますか？」

と、もちかけてきたのだった。

おそらく定期的に通販しているエログッズのことを黙っていてほしいとか、そのあたりだろう。

「俺にできることなら、いいぞ。それで本題なんだけど、凜々菜の媚薬の出所って、やっぱり……」

「……私ですね。凜々菜さんから、毎日蓄積《ちくせき》するようなのと、超強力な一発で効くのが欲しいって言われまして。ご迷惑おかけしたみたいで申し訳ありません」

「ま、済んだことだしな。けど凜々菜には、あの手の危ないヤツは渡さないようにしてほしいんだ。頼むよ」

「わかりました」

媚薬の出所を絶つことができそうで、空也は内心、ほっとした。

「で、高嶋のお願いってのは？」

「はい。ここでは言いにくいので、部屋に来てくださいますか……」

「……部屋か」

誰かに見られたら厄介《やっかい》だなと思ったが、生徒とはいえ絵理沙のような美人に自室へ呼ばれて悪い気はしない。

その夜、空也は彼女の部屋を訪問することになった。

約束の時間にノックすると、ドアがわずかに開いて絵理沙が顔を覗かせる。そのまま彼女に腕を引かれて中へ入った。

部屋にいた絵理沙は、黒セーラー服姿で、短く切り詰めたスカートから伸びたナマの太腿がまぶしい。

大人びた雰囲気の彼女が身にまとうことで、黒セーラー服はAVで見るようなコスプレ感が強調されて、妙にエロティックだ。

「あ……ええと、た、高嶋……なんでセーラー服なんだよ……」

空也は思わずそう聞いてしまう。悦愛学園の制服はブレザータイプで、セーラー服ではない。彼女の装いの意味がわからなくて、一瞬、思考が停止してしまう。

「今から、配信に協力してほしいんです。あ、こっちです。もう時間なんです」

「は、配信って……ネットのか？　それに時間って、なんだよ、それ……」

絵理沙は黙ったまま空也の手を引いて、部屋の奥へ引っ張っていく。

ベッド脇には三脚があって配信用カメラがセットされていた。そうしてカメラ画像が脇のパソコンモニターに映っていた。

「はい、先生。これマスクです。顔バレしたら、マズいですから」

「ちょっと、話を……」

「早くマスク、お願いします」

縁なし眼鏡を取って、マスクをつける絵理沙。もうまったくの別人だ。空也も勢いに押されてマスクをつけた。

「これで、いいか。もうちょっと事情を説明しろよ。さすがに怒るぞ」

「ええと……私、現役女子高生ってことで、毎週エッチな配信してるんです。今日は先生がゲストです」

「え、エッチな配信……まさか、今から……」

「ええ、ナマ配信ですから。身バレするようなセリフは厳禁です。マスクもＯＫですね。それじゃ、始めます」

絵理沙は空也の言葉を手で制すると、脇のＰＣを操作して配信を開始したのだった。

「あ、つながった〜。は〜い、みんな、元気〜。『現役ＪＫえりりんの生オナ部屋』はっじまるよぉ〜〜♪」

いつもの絵理沙からは想像もできないほどの明るいキャラで配信が始まったのだった。画面に表示された視聴者の数はどんどん増えていき、すぐに百人を超えた。

「今日は、えりりんだけじゃなくて、家庭教師の先生にも来てもらってるんだ。はい、こっちが先生～」

絵理沙は空也の脇で両手をひらひらさせて、存在をアピールする。

「先生も、元気にご挨拶～♪」

演技だとわかっていても、甘ったるい声で言われてドキッとしてしまう。なんとか手を振ってみせるが、マスクの下の表情はかなり引き攣っているはずだ。

と、絵理沙は横から空也にぎゅっと抱きついてきた。セーラー服の胸元を突きあげた砲弾型の爆乳がぐにぐにと押しつけられて、その心地よさに耽溺しそうになる。

「私と先生は、こんなふうに仲よし～。今日はエッチなオナニー、いっぱい手伝ってもらうから」

画面に手を振りつつ、絵理沙は空也の耳元に囁きかけてきた。

――あ、これはキャラ付けです。びっくりしないでください。その、ふだんの地味な私よりも受けると思いまして。あんまり引かないでくれると、うれしいです……。

素《す》に戻った囁き声に驚いて、空也は思わず、ああ、と頷いてしまう。清々《すがすが》しい弾けっぷりに感服してしまうほどだ。

ただいきなりナマ配信に巻きこまれて、動揺が先立ってしまう。空也の気持ちを察したのか、絵理沙はカメラに向かって笑顔を崩さないまま続けた。

——ＪＫって設定、気になりますか？　でもエロ配信ですし、中学生だともっと問題ありますし。それと今日はローター使います。あそこです。

絵理沙が目で示したベッド脇に、パステルピンクのローターとリモコンが転がっていた。そこまで言われて空也はさすがに及び腰になってしまう。彼女はそんな空也の気持ちを見透かしたかのように、耳元で念押しする。

——お願い、聞いてくれるんですよね。

そこまで言われて、空也は拒絶することができず、絵理沙のオナ配信を手伝うことになったのだった。

「じゃあ、みんな、今日は先生にローターでエッチに責めてもらうね。はぁ、はぁっ、恥ずかしいけど、えりりんの裸、見てぇ……あふ、あふぁぁ……」

絵理沙は顔を真っ赤にしながら、黒セーラー服の上着をたくしあげて、落ちかかりそうなほどたわわな双球をカメラに曝した。

乱れた呼気で量感溢れる乳塊がぶるると揺れるたびに、ネットのギャラリーは狂喜して、コメント欄が凄《すさ》まじい勢いで流れていく。

「あ、ああ……生のおっぱい、見られちゃってぇ……は、恥ずかしい……そんなにいっぱいコメントしないで、あふ、あふぁぁ……」

発情して蕩けきった顔を見せる絵理沙。もはやどこまでが芝居で、どこからが本気なのか、脇で見守っている空也でさえわからない。

セーラー服のスカートを捲ると、妖艶な黒レースのショーツを露出して、そのクロッチ部へ指先を這わせる。軽く股根を撫でるだけで、内奥から溢れた蜜が染みだしてきて、股布に広がっていった。

同時にもう一方の手で、爆ぜんばかりの乳球を揉みこねていく。左右交互に揉みこねていくと、双塊の先端が内側から大きく隆起する。乳首の勃起加減が絵理沙の昂りを示すゲージのようで、見てはいけないものを見ている気分にさせられた。

「んふ、くふぅ……んふぅん、んんんーッ……やっぱり見られながら、配信で生オナ、いい、いいよぉ。これ、クセになるぅ……みんなが、はふ、はふぁ……見てくれてるからぁ、えりりん、気持ちよくなれるのぉッ……」

ショーツの奥で湿った秘裂が擦れて、淫らな粘音がくちゅくちゅと響く。それが画面の向こうのギャラリーにまで聞こえているらしく、配信はさらに盛りあがった。

「日頃から、私のオナニー、見てくれてるみんなに、もっと過激なヤツ、披露しちゃうね。はぁッ、はぁはぁ……ローター、お、お願いぃぃ……」

空也は脇に置いてあったローターを絵理沙に渡す。彼女はリモコンにスイッチを入れて、ぶるぶると震えるそれをショーツ越しに股間に当てはじめた。

「あ、あっ、ああっ……ぶるぶるぅうぅうぅう、い、いいぃいいぃいぃ……」

ローターの震えで感じてしまって、もはや呂律《ろれつ》が回っていない。その間にも配信を見る観客の数は増え続けていく。

「せ、先生……他のローターも感じたいからぁ、全部、身体に固定してぇ……あう、あうぅうぅ、あうぁあぁあぁあぁッ……」

絵理沙は甘く振動するローターを股にぐっと押しつけながら、脇の空也にすがるように、おねだりしてきた。

「ああ、いいぞ」

空也も絵理沙の配信特有の空気に呑まれて、教師という立場をすっかり忘れていた。絵理沙の後ろに回ると、露出した両の乳房にローターを二つ、紙テープでしっかり固定する。

そうして絵理沙の手からローターを取りあげて、ショーツをずり下ろさせる。ぐっしょり濡れたアンダーヘアが曝されて、その奥に緩みきった姫孔が覗いていた。

「あ……も、もしかして、ナマで……」

「こっちのほうが、気持ちいいからな」

空也はいったん停止させたローターを絵理沙のクリトリスを押し潰すように当てる。

「んいひぃッ……まさか、先生、これで……」

「みんなにイクところ、見てもらえ」

そのまま強く股間のローターを固定すると、リモコンに手をかけた。そこからは三本の線がローターまで通じていて、スイッチオンでいきなり三点責めだ。

「そ、そんな……い、いきなりは……ドスケベJKのえりりんでも、だ、だめぇ、だめだからぁ、あううっ……」

絵理沙は配信中であることも忘れて、空也からリモコンを奪おうと動く。だが、それよりも早く空也はローターを作動させた。

「ふひぃぃぃッ……んいぃ、んいぃぃぃぃ、くっひいぃぃぃッ……おっぱいも、おま×こも同時にぃ、ぶるぶるキテぇ……感じるぅ、感じちゃううぅッ！」

双球の先端をローターの振動にいたぶられて、ボリューム感溢れる膨らみを妖しく波打たせた。乳首もクリトリスもローターの刺激でキツくそそり勃って、そこにも容赦なくローターの甘い振動が襲いかかった。

「く、クリも、ぶるぶるぅ……直接のローター、す、すごいぃぃ……はひぃぃぃぃ、いひぃッ、いっひぃぃぃいいぃ……」

「ナマ配信も盛りあがってきたから、もう少し強くするぞ」

「……そ、そんなの、らめぇッ……今、これより強くぅ、ぶるぶるされたらぁ、絶対にイっちゃうからぁ……」

「じゃあ、イクところ、みんなに見てもらえ。そらぁぁッ！」

空也がローターの振動を最大にすると、生々しいバイブレーション音とともに、激しい震えが絵理沙の女体を襲った。

「ふひ、ふひぃ、ふひぃぃッ……こんなに気持ちいいのッ……むっ、ムリぃッ、ムリムリムリぃ、ムリなのぉぉーッ！　んひぎぃ、ムリっれぇ、い、言ってるのにぃ！」

注ぎこまれる愉悦の奔流《ほんりゅう》に曝されて、女体を淫らに跳ね躍らせる。じっとして耐えられるようなレベルの刺激でないのは明らかだ。

三点ローターの苛烈《かれつ》な責めの前に、絵理沙は喜悦の高みへと押しあげられていく。

空也はそんな彼女の両腿をさらに開かせてM字開脚の姿勢にして、もっと辱めてやる。

「こんなは、恥ずかしい格好で、えりりん、イクぅ、イっちゃうぅぅッ！　んあぅぅ、んあぁぁッ……んっあぁぁあああぁ――――ッ!!」

そうして絵理沙はカメラの前で盛大にエクスタシーを迎える。果てた膣からは多量の愛汁がぶしゅるぶしゅると吹きあがって、その飛沫でカメラのレンズまで濡らした。

艶美な淫液の噴出を伴《ともな》うエクスタシーはすぐに収まらず、太腿を拡げた状態のままで下腹部をヒクつかせて、愛液のシャワーをあたりへ撒き散らすのだった。

「はぁはぁ、はぁ……み、みんなの前で、潮吹きアクメぇ、キメひゃったぁ……あえ、あええ……あえぇぁぁ……」

絵理沙は絶頂にぐったりとなりつつも、配信中であることを忘れず、ドスケベな愛嬌をカメラに向かって振り撒く。

ナマ潮吹きを公開した絵理沙に対して、配信の場は大いに盛りあがって、さらに投げ銭が増えていく。

「ぜぇはぁ、はぁ……な、投げ銭してくれてぇ、ありがとう……あふ、はふぅ……ねえ、みんなぁ、えりりんのエロ噴水っ、見てくれたぁ～。先生は、こんなふうにいっぱいエッチなこと教えてくれるんだよぉ」

息を整えながら身体を起こすと、絵理沙はカメラに寄り気味になって語りつづけた。

「今度は、えりりんが先生にエロい奉仕しちゃうよ。みんなも応援してね♪」

淫蕩に瞳を濡らしながら、絵理沙は空也の股間の膨らみを撫でさすると、すぐにそこから怒張を取りだした。

「先生のオチ×ポ、えりりんがフェラするからぁ」

場の熱狂に身を任せて、絵理沙はフェラ宣言した。

その場で空也を立たせると、股間に顔を近づけてくる。勃起しつつあるペニスに顔を近づけて、マスク越しにキスしたり頬ずりして見せた。

絵理沙は大股開きのままでしゃがみこんだ、いわゆるエロ蹲踞《そんきょ》スタイルだ。カメラの位置も、淫らなエロフェラ姿が一番映《ば》える角度に調整した。

彼女は自分のマスクを引っ張って空也の屹立を下方からその内側に導くと、そのまま ちゅぱちゅぱと舐めしゃぶっていく。

「ん、んんッ、マスクの中でフェラチオかよっ。エロすぎだろ、んう、んうう……」

「だってぇ、先生のオチ×ポ、どうしても食べたかったからぁ……あむぅ、んちゅぱちゅぶ、んちゅぶぅ……」

ぬめついた舌先で刺激された幹竿はすぐにパンパンに張り詰めて、先端が痛いほど膨らむ。マスク生地と絵理沙の柔唇に絡められた秘槍の先からは先走り液が滲んで、それが絵理沙をますます昂らせたらしい。マスクの内で鈴口を舐めたり、溢れた汁をぢゅるると啜る淫猥な音が響いた。

凶悪なまでにそり返った剛直は、マスク生地越しにでも、形がくっきりとわかるほしはじめた。

どだ。絵理沙はしゃがみこんだまま、マスクの中でペニスをはむはむと横咥えフェラ

「先生の暴れん棒、すごいぃぃ……あふぅ、れろ、れろろっ、んれろちゅぱっ……」

アイスキャンディの如くカジュアルに太幹をしゃぶったり、吸ったりしながら、同時に指先は膣溝をくちゅくちゅと浅くかき混ぜているらしい。

絵理沙の淫蕩なオナフェラ姿のナマ配信を画面で見て、空也はますます雄根を猛々しく漲《みなぎ》らせてしまう。

「んれろ、れろれろ、れろるぅ……んぢゅぱれろ、れろるぅ……マスクの中で、オチ×ポ、どんどん大きくなっれぇ、これぇ、エッチすぎぃ。あふ、はふぅ……」

配信であられもない姿が垂れ流されていることさえ忘れて、絵理沙はマスク内での口唇愛撫に耽溺していた。

それは空也も同じで、昂りのまま絵理沙の口腔内に切っ先を押しこんで、生々しい口ま×この感触を貪ろうとしてしまう。

「ん、んうッ、んぶぶぅ……先生、配信中なのに本気で、フェラされたがって……」

「仕方ないだろ、こんなにエロくて……が、我慢できるか……画面の向こうのみんなだって、同じ気持ちだから、俺が代弁してやってるんだ」

怒張を口腔に押しこむたびに絵理沙の美しい眉根が歪んで、その反応がますます空也の劣情を煽りたてた。

「あぶッ、あぶぶぅッ……口の中にオチ×ポ突っこまれて、息ぃ、できないぃぃぃ……んぐ、んぐぅッ……ごほ、ごほっ……ぜぇはぁ、はぁっ……」

絵理沙はむせながらも、画面外に頭を退けて、そばにあった別のマスクをつけた。

それは黒っぽいレザー製のもので、マスクの中心に金属の縁取りのある大きな穴が開いていた。それをつけた絵理沙はまるで人間オナホだ。

「はふ、はふぅ……先生ぇ、ほらぁ、わたひの口ま×こぉ、いっぱひ使っれいいから……みんなに、見えるようにひ……い、イラマチオぉ、いっぱひしてぇ……」

特製のフェラマスクのせいで口が固定されているのだろうか。少し呂律の回っていない様子で、絵理沙は口腔への淫らな抽送をおねだりしてきた。

熱い息が忙しなく吐かれて、同時に口内に溜まった唾液が愛液のごとく口元から、だらだらと垂れ落ちていく。その様子はまるでペニスを欲している膣孔そのもので、空也の秘棒を雄々しく猛り狂わせた。

「ああ、いくぞ。ナマ配信でめちゃくちゃにしてやるからなッ！　んううぅッ！」

「んぶぶぅ……お、奥まで、いきなひぃ……んぐ、んぐぅ……」

空也はいきり勃った幹竿を絵理沙の喉奥へ一気に突きこんで、そのまま口腔内を膣に見立てて、荒々しくかき混ぜていく。

絵理沙は目を白黒させて押しこまれた怒張の感触に耐えるので精一杯だ。喉奥を叩かれるたびに、強烈な吐き気に襲われて、なま白い喉元をビクりと妖美に震わせた。

「えう、えうう……んぶぅ、んんぶぅッ……あぶぅ、はぶぅっ、んぶぶぅ……」

大きくむせたり、嘔吐《えず》いたりしつつも彼女は雄根の抽送を受けとめつづける。溜まった蜜液が竿胴に絡まって、じゅぱじゅぱと淫靡な水音が奏でられた。口蓋《こうがい》粘膜が切っ先に幾度も擦れて、その滑らかで心地よい感触が射精欲求を高めていく。空也は絵理沙の口腔のなま温かな感触に夢中になって、ケダモノの如く腰を使った。

「あぶぅ、んぶぶぅ、このまま、だ、だひてぇ……先生のこってり熱々のザーメン、えりりんに飲ませてぇぇ……んぢぅ、ぢぅるっ、んぢぅぅッ……」

絵理沙は空也のいきりに必死に喰らいついてきて、尿道から白濁をバキュームしようとする。彼女は完全に窒息した状態で、その両の瞳には、苦しさの先にある恍惚《こうこつ》の色が浮かんでいた。

「ああ、いくぞっ。このまま出してやる。んうッ、んううッ！」

空也は絵理沙の喉奥に剛直を押しこんで、オーラルセックスの愉悦に耽った。

妖しく張った雁首のエラが気管の狭隘《きょうあい》でずちゅずちゅとしごかれるたびに、陰嚢の内側でぐつぐつと子種が煮え滾って、外へと出たがっているのがわかった。白濁粘液は雄根の内をぐっと押し拡げて迫りあがって、行き場を求めて上がり下りを繰り返す。

射精へのカウントダウンが始まっていた。喉粘膜と切っ先がぬぢゅぬぢゅと擦れて、溢れた唾液とともに粘った音が口元から零れた。

「んぶぅ、んんぶぅ……んぐぅぅ、んんんッ……」

空也は絵理沙の後頭部を摑んで、完全にオナホのように荒々しく前後させていく。中学生の教え子の口で自らの欲望を処理することに言いようのない興奮を覚えていた。

「だっ、出すぞ！　うおおおぉ――ッ!!」

空也は快美感に背すじを貫かれながら、淫欲の塊を教え子の喉奥へ勢いよく迸らせたのだった。

「んぶぅ、はぶぶぅぅ……おう、おううッ……んく……んくんく、んくくっ……」

絵理沙は注ぎこまれた生殖液を喉を鳴らして、必死に嚥下していく。口からは逆流した粘濁液が溢れて、レザーマスクの外へ零れ落ちた。

ひたむきに子種汁を飲もうとする絵理沙の姿に、空也はますます興奮してしまって、その口内で幹竿を幾度も脈動させて、大量の白濁を放ちつづけた。

空也は射精を終えると、絵理沙の口からゆっくりとペニスを抜き取る。マスクで固定されてぽっかりと開いたままの口腔はドロドロのオス汁で白く染まっていて、完全に使いこまれた膣そのものだ。

「ぜぇ、はぁはぁ……先生の精液ぃ、いっぱい飲んじゃひましたぁ……あえ、あぇぇ……あふぁ、あふぇぇ……」

カメラに向かって得意げに手を振る絵理沙に、いつもの面影はない。

マスクで強制的に開いたままの口からは、だらしなく舌がはみだして、飲みきれなかった粘濁液が妖しく口中で粘った糸を引いていた。

絵理沙のビッチなイラマチオ姿を見て、画面の向こうのギャラリーは興奮に沸《わ》きかえった。コメント欄からも熱気が伝わってきて、視聴者数もどんどん増えていく。

「……す、すごいよぉ。ありがとう、みんな～」

投げ銭も激しく飛び交《か》って、絵理沙も場の興奮に呑まれてしまっていた。

彼女は撮影カメラを空也に渡すと、マスクを綺麗なものにつけかえる。そうして自身の股を淫らに開脚して、膣孔の奥まで撮影するように促してきた。

空也も観客の熱狂に押されるようにして、絵理沙のおま×こをアップで映す。彼女は花弁を二本の指でくぱぁと大きく拡張して、ぬかるんだ膣粘膜と奥に覗く桜色の秘膜まで、すべてを大胆に曝して見せる。

「はーい、私の処女ま×こ、見える～♪　今からぁ、家庭教師の先生に、バージンっ、奪われちゃいま～す」

　そのまま絵理沙は大胆にカメラの前で処女喪失を宣言するのだった。

「せ、先生っ、このままハメ撮りナマ配信で、えりりんの処女ぉ、奪っちゃって♪」

「い、いいのか。本当に……ごくっ……」

　絵理沙の処女を捧げてくれるという言葉に、空也の屹立は射精直後にもかかわらず、すぐさま力を取り戻した。

「もち、ＯＫだよ～。みんなもいいよね～？」

　再びコメント欄が凄まじい勢いで加速し、二人の背中を押すように投げ銭が積みあがっていく。

「先生もあそこギンギンで、その気なんだね。だったら、ほらぁ～、来てぇ♪」

　絵理沙は媚《こ》びるようにじっと見つめてくる。マスクで目元が妙に強調されて、切れ長の双眸がいっそう妖しく誘ってきていた。

　とうてい、ＪＣとは思えない蠱惑的な魅力に引きずられるようにして、空也は絵理沙に圧《の》しかかると、彼女の膣に怒張をずぶぶと押しこんでいく。

ドロドロにぬかるんで、ほぐれきったおま×こは処女であるにもかかわらず、すんなりと空也を中ほどまで受けいれる。

「んんんんっ、先生のオチ×ポ、入ってきてぇ……」

絵理沙はカメラに向かって処女とは思えないほどの淫蕩な表情を見せつける。だが、実際には画面の外にある手はぎゅっと握られて、緊張でぶるぶると震えていた。

「あとちょっとで、ロストバージンっ♪　憧れの先生と、繋がれちゃうよぉ」

切っ先に柔らかな抵抗をかすかに感じて、さすがに教師としての理性がさらなる挿入を押しとどめた。

空也はカメラで絵理沙の淫らな姿を捉えながら、彼女の耳元で本当にいいのか、と小声で聞いた。

——もちろん、かまいません。先生にでしたら、私の初めてもらってほしいです。先生は、こんなはしたない女では、おイヤですか？

そう問われて、空也は首を横に振る。絵理沙の性に奔放な一面を知れて、より彼女のことを魅力的に思えるようになっていた。

——それじゃあ、お願いします。このままずっと生殺しなんて、そっちのほうが残酷です。みんなに見られながら、先生と繋がりたいです……。

絵理沙はセックスを強く求めるように、両手を空也のほうへ大きく伸ばしてくる。その愛くるしい姿に空也の理性は吹っ飛んだ。

「このまま、お前の処女っ、いただくからな。んんッ、んんんんッ!!」

もはや溢れる獣欲を抑える術《すべ》はなく、空也はカメラで彼女の顔を捉えたままで、剛直を膣奥へ押しこむ。その勢いで彼女の処女を一気にもぎ取るのだった。

「んい、んいいッ……くッ、くぅぅ………んぅぅーッ……」

破瓜《はか》の痛みに一瞬、顔を顰《しか》める絵理沙。今までで最大の視聴者数を記録更新しつづけるなか、『現役JKえりりんの生オナ部屋』は処女喪失の鮮烈な瞬間を全世界へ向けて、いっせい配信してしまうのだった。

「はぁ、はぁはぁ……っ……う、動いていいから……せ、先生も、えりりんの処女ま×こでぇ、き、気持ちよくなってぇ……あ、あはぁ……あはぁぁ……」

痛みが次第に悦びへと置き換わってきたのか、絵理沙は自らも腰を使いはじめる。

「それじゃ、ゆっくりいくぞ。んう、んううッ」

空也も彼女の様子を見ながら、下腹部をぶつけていく。

大人びているとはいえ、まだ中学生でバージンだった膣孔は、抜き差しのたびにキツく幹竿をしごきたててくる。

入り口は日々のオナニーでほぐれていたが奥へ行くほど窮屈で、空也は媚肉の隘路《あいろ》を押し拡げながら激しい抽送を繰り返した。

「あ、ああッ、ああーッ……先生のオチ×ポ、硬くて、逞しくてぇ、素敵ぃ♪　もっと、いっぱいしてぇ、えりりんのおま×こ、壊れるぐらいいっ、犯しまくってぇッ！」

ぐちゅぐちゅと淫らな粘水音が鳴り、溢れた蜜液がエラに幾度もかきだされる。

絵理沙の処女膣はオスに犯される歓喜に震えて、ひとりでにペニスを欲して貪婪《どんらん》に吸いついてきた。

「ん、んんッ、さっきまで処女だったとは思えない、いやらしさだ。俺のペニスを欲しがって、めちゃくちゃに絡んできてるぞっ」

「だ、だってぇ、先生のオチ×ポ、気持ちいいからぁ、感じちゃうからぁ……身体が勝手に欲しがっちゃってるのっ……あひぃ、あはぁッ、んひぁッ！」

怒張に膣奥を突かれるたびに、絵理沙は剝きだしの爆乳をぶるると大きく揺さぶって、身悶えしつづけた。そうして自らもさらにねちっこく蜜壺を絡めて、空也のいきりを貪ってくる。

二人はナマ配信であることさえ忘れて肉の愉悦に耽溺する。彼女の女体からは汗が噴きだして、腰同士が打ち合わされるたびにそれが飛沫となってあたりへ散った。

空也は教え子である絵理沙の処女をナマ配信で奪い、しかも彼女を公衆の面前で絶頂へ導こうとしている。

（……いいのか、俺。こんなことして）

そのことに空也は良心の呵責《かしやく》と、それ以上の背徳的な興奮を覚えてしまう。

（だが、今さらやめられるかっ！）

激しい性欲に突き動かされるままに絵理沙の蜜壺をぐちゅぐちゅと混ぜこねていく。ラブジュースが飛散して、濃厚なメスの匂いがあたりに立ちこめた。

画面の向こうの視聴者も盛りあがって、意味不明なまでに荒ぶったコメントが乱舞するなか、二人の欲望剝きだしの淫猥な交尾は続いた。

配信最優先だったはずの絵理沙は、教師とのセックスに溺れてしまっていて、太幹の強烈な突きこみのたびに、背を大きくそらせて淫らなブリッジをキメながら、さらに激しく下腹部を打ちつけてきた。

「あひ、あひぃ、あひぁッ……えりりんのおま×こ、さっきまでぇ、処女だったのに、こんなにオチ×ポで感じる、エロま×こにぃ、ドスケベビッチま×こになっちゃったぁ、んひ、くひぃ、んいいッ！」

「しかも配信しながら俺のチ×ポ貪りまくって、堕ちるところまで堕ちたなっ！」

「はい、えりりん、堕ちちゃったぁ。生オナ見せるだけじゃなくて、生セックス見てもらいながらぁ、興奮しちゃうメスになっちゃったぁ。んひ、んひぃ、くひぃッ……んい、んいッ、んっいいいーッ！」

空也の言葉嬲りに表情を輝かせて、自分の淫らさを披露してみせる。

そうして堕ちた恥ずかしい姿を曝すことに、最上の歓喜を覚える痴女っぷりを配信でギャラリーに見せつけるのだった。

絵理沙は人間の皮を脱ぎ捨てて、一匹の麗獣となって、オスを貪りつづける。

それは空也も同じで、彼女の美しくもあでやかな姿をネットに流しながら、絵理沙の膣粘膜が裏返りそうなほどの勢いで荒々しく攪拌しつづけた。

「ひぐ……ひぐぐ……ひぎ、ひぎぃ、んいひぃッ……そんらにされたらぁ、えりりん、気持ちよすぎてぇ、頭、真っ白なのぉーッ！」

切っ先が膣の性感帯を擦りたて、膣底を抉るたびに、ケダモノめいた喘ぎを喉奥から発して、女体を妖美に戦慄かせた。

「いいぞ、身体を楽にして、このままイっちまえッ！　俺も、そろそろ出すぞッ」

「うん、だ、出してぇ。中にッ、えりりんのバージンま×こに、熱々のチ×ポミルク思いきり、びゅぐ出ししてぇッ……」

絵理沙のナマ出しおねだりに応えて、空也は怒張を膣奥に押しこんだまま、小刻みに腰を使った。

「そ、そこぉ……んぐ、んぐぐぅ、ふぐぅぅーッ、いっぱい責められたらぁ、内臓にまで、ズンズンっれぇ、響いてぇ……」

子宮口をぐりぐりと刺激されて、彼女は歯を食いしばって悶えた。

「い、イグ……イグぐぅぅ……えりりんもイっぢゃうううぅーッ！　ナマでみんなに見られながら、処女イギぃッ、初セックスで処女アグメぇ、キメひゃうぅぅーッ！」

絶頂寸前の絵理沙の膣底にぐりりりと亀頭を押しこんで、

「これで、どうだっ！　んおおおぉぉーッ!!」

叫びとともに、多量の子種液を子宮へゼロ距離で注ぎこんでやる。そうして精嚢の引き攣りに任せて、びゅぐびゅぐと噴きあがる孕ませ液をありったけの力をこめて、流しこみつづけた。

「……ひお、ひおぉッ、先生の濃いぃのぉ、いっぱい出されてぇぇ、イぐぅぅ――ッ……ひっおぉぉおおおぉぉ――ッ!!」

絵理沙は背すじを引き絞った弓のように大きく湾曲させながら、四肢を震わせて法悦の頂に達するのだった。

荒々しく噴きあがる白濁液を子宮で受けとめながら、蕩けきったアヘ顔をネットに垂れ流しつづけた。

「……あう、あうぁ、あっああーッ……濃厚なせーしぃ、ばしゃばしゃって、奥に浴びせられてぇ……赤ちゃんのお部屋で、溜まった種汁ぅ、ちゃぷちゃぷ跳ねひゃってぇ……す、すごひぃぃ……あふ、あふぁ……あふぇぇ……」

「んんんっ、これで最後だ。くうッ、くうぅぅ──ッ！」

空也も最後は配信されていることも忘れて、溜まっていた精を吐きだしきった。

「はう、はううッ……またぁ、先生のザーメン、出されてぇぇ……お腹の中、いっぱいで……あああッ、はっ、孕むぅッ……配信でナマ孕みぃ、しちゃうのぉーッ……あぇ、あぇぇ……あぇぁぁ……」

孕ませナマ出しまでタイムリーに配信されて、その場は興奮の坩堝《るつぼ》と化した。

同時に各所へ拡散されているのだろうか、ギャラリーの数はさらにうなぎ上りで増えていく。

最後に空前絶後の盛りあがりを見せて、ナマ破瓜配信は幕を閉じたのだった。

＊

配信終了の確認後、絵理沙は安堵《あんど》のあまり脱力してベッドに倒れこんだ。

セックスも初めてなら、それをナマ配信することも初めてで、まだ心臓のドキドキが収まらない。けれど後悔は微塵《みじん》もなかった。

「あ〜あ、最後までエロ配信、やっちまったなぁ……教師の俺まで巻きこむとは。なんてヤツだ。もっと真面目な生徒だと思ってたのになぁ……」

脇で寝転んだ空也が投げやり気味に言う。

「ごめんなさい。けど、激しく愛してくださって。先生のセックス、素敵でした……」

絵理沙は乱れたセーラー服姿のままで彼に寄り添うと、ふと気になって彼の顔をちらりと見る。彼の表情は笑っていて、絵理沙は少しホッとした。

(強引にナマ配信に引っ張りこんでしまって、もっと怒られるかと思いましたけど。よかったです……)

絶頂の余韻に蕩けきったまま、その逞しい胸板に顔を埋める。空也はなにも言わず自分をぎゅっと抱き寄せてくれた。

(……あんんっ、そんなに強く抱かれたら、先生のオチ×ポ、また欲しくなってしまいます)

妖しいときめきを覚えながら、絵理沙は彼の屹立に手をねっとりと這わせていく。教師の雄槍はすぐに大きさと硬さを取り戻して、淫猥な脈打ちが手元に生々しく伝わってきた。

絵理沙は女体の熱い疼きを抑えることができなくて、空也の逸物に指先を艶かしくからめて、細指で奉仕しつづけた。

「……その……配信関係なしで先生に愛してほしいです……こんなに、はしたない生徒で、ごめんなさい……」

絵理沙はそのペニスでもっと突いてほしくて、素のままでおねだりしてしまう。

配信のキャラ抜きで淫らに振舞うのは初めてで、全身で火のような羞恥が荒れ狂う。

だが、それでも空也と繋がって、女体の奥に荒々しいピストンを浴びせてほしかった。

「けどな……高嶋のお願いって、配信に協力してほしいってことだったよな……」

「はい、初めはそのつもりでしたけど……処女セックスであんなに激しくイカされて、はぁはぁ、まだ身体の火照《ほて》りがおさまらないんです……」

配信を続けていたこともあって、絵理沙は中学生ながら自身の魅力に自覚的で、女の武器を最大限生かしながら、教師に迫った。

剝きだしの乳房を空也の肩口に擦りつけて、二の腕をねっとりとパイズリしながら、首筋にキスを繰り返す。そのまま空也の唇を奪うと、情欲の発露《はつろ》の場を求めて、積極的に舌を男の口腔に押しこんで、淫らな舌同士の愛撫に耽った。

「んちゅ、ちゅぱちゅぶぅ……ふだんは、こんなことしない女なんですよ。なのにっ、はぁはぁ、いやらしくベロチューしてしまって。私の性欲に火をつけたの、先生なんですから。もっとエッチに抱いてください」

絵理沙は恥も外聞《がいぶん》もかなぐり捨てて、ひたむきにセックスを求めてしまう。

彼の怒張は痛いほど張り詰めて、竿胴には卑猥に血管が浮いていた。剛直の漲りを手のひらで感じるほどに絵理沙の劣情は強くかき立てられて、口元からは忙しなく熱い吐息が零れた。

「た、高嶋……もう、どうなっても知らないからな」

空也はそう言うと、濃厚なキスを返してきた。

「あんっ……はぁはぁ、大丈夫です。先生にだったら、乱暴にされたいです……」

そのまま空也の手で強引にベッドに組み敷かれると、女体を荒々しくまさぐられた。

量感溢れる胸乳がむにゅむにゅとこねまわされて、乳首がいやらしくそそり勃った。

盛りあがったバストの根元をぎゅっと搾りあげられて、膨らんだ左右の乳嘴を交互に吸われるたびに、切なげな喘ぎが唇から溢れる。

高く張った巨峰のピークから麓までを唾液たっぷりのベロでれろれろと舐められて、自重で潰れた乳半球が妖しく濡れ光って、絵理沙の官能はますます刺激された。

(……先生、こんなにエッチに私の身体を欲してくれて……うれしいです。ああ、もっとエッチに汚されたいです……)

絵理沙は身体中にマーキングしてほしいとばかりに空也の頭を抱えこんだ。教師のエロティックな舌がレロレロとセーラー服から露出した絹肌を犯していく。

「あ、あふ、くふぅっ……ん、んんっ、空也先生っ……はぁはぁ、はぁ……」

艶めいた雪白の柔肌が粘りと熱で溶かされてしまいそうで、悩ましげな表情を浮かべながら、上体を身震いさせる。

そうして首筋から胸の谷間、下腹部まで軟体動物が這いずりまわったような、濡れ跡を刻まれて、そのオスの匂いとぬくもりに劣情を昂らせてしまう。

発情した女体は薄桃色にほんのりと染まって、秘壺は熱く蕩ける。エロティックに緩んだラヴィアは男を欲してヒクリヒクリと淫艶に震え、愛液を滴らせていた。

「あれだけ出してやったのに、また濡れてきてるぞ」

「はい、先生のオチ×ポ、またいただけるかと思うと、あそこが切なくって……どうしようもなく濡れてしまうんです……」

空也を誘うように股を少し開いて見せると、彼の手が太腿にかけられる。内腿のふっくらした柔肉に指先を潜らせながら、片脚が強引に押しあげられてしまう。

絵理沙の肢体は仰向けから、半ば横倒しのような状態だ。片太腿を大きく拡げられて、ぬかるんだ秘処が露になった。

凶悪なまでに隆起した秘棒の先端がぐっと押しつけられる。濡れた膣溝がぬちゅりと音をたて、濃厚なシロップがドロりと零れる。それが内腿へ伝い落ちて、水たまりを作っていく。

「それじゃ、あらためて、絵理沙のおま×こ、もらうからなっ」

「はい、先生……あ、ああ……あああぁぁ……」

顔から火が出そうになりながらも、絵理沙は自身も大きく股を開くと、空也の怒張を奥深くまで受け入れる。膣孔を内から荒々しく拡げられる感触に打ち震えながら大きく息を吐いた。

「あふ、はふぅ……おま×この中で、オチ×ポがいやらしく震えてます。それに、呼び捨てにされると、先生の女になったみたいで、はぁはぁ、とってもぞくぞくしてしまいます……」

ナマ配信のときと違って、空也のペニスの感触に集中できて、絵理沙はますます淫らな気持ちになった。独りでに膣が収縮して、ぬちゅぬちゅと屹立を締めつけた。

「入れたばっかりなのに、もう動いて。欲しがりすぎだろっ」

「んあ、んああっ、ごめんなさい。でも、エッチな欲しがり、抑えられないんです」

「じゃあ、ちゃんと満足させてやらないとな。んう、んううっ！」

空也は絵理沙の片腿を引きあげた状態のまま、側位でゆっくりと抽送しはじめた。熱く蕩けた蜜孔がかき混ぜられて淫猥な濡れ音が鳴る。そこへ下腹部同士のぶつかる軽快な打擲音が重なった。

「あひ、ふひぃ、んいいっ……先生のピストン、素敵ですっ。ふだん、真面目で優しい先生がケダモノみたいに腰振って、セックスしてくれるなんて感激ですっ」

「それは俺のセリフだ。絵理沙こそ真面目な顔して、こんなにエッチだったなんて」

大きくゆっくりしたストロークから一転、小刻みなピストンが膣の中ほどを責めてきた。空也の雁首にGスポットをごりごりと擦られるたびに、快美感が背すじを駆け抜けていく。心地よさのあまりに下半身の感覚が溶けてなくなっていくかのようだ。

「あ、あっ、ああっ……けれど、私が知ってる男は空也先生だけです。オナ配信してもセックスは先生だけですから……あひ、あひぁ、あはぁっ、あっあーっ！」

むちむちの発達した女体を大きく震わせて、絵理沙は身悶えする。身体は大人でも心は女子中学生で、空也の緩急をつけたセックスの前に完全に翻弄されていた。

「先生のセックス、感じるぅ、感じてしまいます。奥を激しく突いたり、手前をねちっこく擦ってきたり、私、また、よ、よくなってしまってぇ……またぁ、いっ、イクぅぅ……先生にイカされてしまいますッ……」

「まだまだ、すぐにイカせたりはしないからな。大人はゆっくりセックスを楽しむんだぞ。絵理沙もリラックスしろよ」

「ひう、ひうう、んひううッ……り、リラックスなんて、そんな余裕ありません。さっきよりも、おま×この感度、上がってきてぇ……んあ、んああ……大人の世界って、こんなにすごいなんて、知らなかったです……」

「じゃあ、少し手加減するぞ」

空也は膣内のホットスポットを集中的に責めるのを止めて、膣全体をまんべくなくかき混ぜながら、乳房をヒップに手を這わせてくる。

大きな男の手で柔肌を嬲られるたびに、くすぐったさとそれ以上のぞくぞくした悦びを感じて、感極まった声を発してしまう。

「あふぅ、んふぅぅ……くふぅッ……あ……それは……ごくっ………」

空也が手にしているものを見て、絵理沙は身体の動きを止めてしまう。彼の手に握られていたのは、黒々とした棒状のスマートなもの――アナル用の電動バイブだ。

膣用のそれと違いスマートで、拡張していないお尻に入れやすく、処女だった絵理沙が愛用しているものだ。

「これ、枕元に転がってたぞ。ふだんはこいつ使って、オナったりしてるのか？」

空也が軽くスイッチを入れると、ブヴヴヴヴンと無機質で、どこか猥雑さを感じさせるモーター音が部屋に響いた。

秘めていたものを見られてしまった衝撃と、それを使って責められてしまうかもという淫靡な期待、それらが胸中で複雑に混ざりあった。

「もし、そうです、って答えたら……んあ、んあぅッ、ど、どうするつもりですか。んう、んうううッ……」

彼は震えるバイブ先で絵理沙のヒップの谷間を撫であげて、そのまま狭隘の中心へそれを這わせていく。お尻の窄まり近くを行ったり来たりするが、決して直接、押しつけてくることはない。

「さぁ、どうしようかな？　絵理沙の返事次第かな」

空也は腰を揺さぶって膣粘膜を甘く刺激しながら、バイブの振動で尻たぶや内腿をねちっこく責めてくる。くすぐったさと焦れったさで、絵理沙はおかしくなりそうだ。

（空也先生にアナルバイブで責めてもらえたら、どんな感じでしょうか。でも、先生のオチ×ポ、あそこに入れてもらってる最中なのに、お尻にもおねだりだなんて、ありえないです……）

アナルバイブの震える穂先でむっちりと張った双尻を撫でられつづけるたびに、昂った喘ぎを切れぎれに発してしまう。

（やっぱりよくないです。二穴同時に犯されることを素で求めてしまうなんて、そんなの本物のビッチです。えりりんは、あくまで配信のためのキャラで……私は違いますからっ……）

欲しがりの尻孔は寂しさに妖しく疼いて、直腸の奥がきゅうきゅうと妖しく蠕動する。そうして奥から透明な腸液を滲ませた。

（あぁっ……で、でもっ……）

空也に貫かれながら、アナルもいっしょに愛されることを想像して、両手で自らを抱きながら、艶かしく悶えてしまう。

そんな痴態を空也に見られているのだと意識するほどに、前後の淫穴がさらに激しい責めを求めて生々しく蠢くのだった。

絵理沙はついに耐えかねて、彼を見つめながら、

「う、後ろのほうも……お、お尻もっ、エッチにいじめてください……このまま焦らされるなんて、我慢できません。おま×こも、アナルも、全部っ、空也先生にめちゃくちゃにされたいです」

耳まで真っ赤にして、はしたないおねだりをする。キャラでも演技でもなく、絵理沙は心の底から淫らな行為を希求《ききゅう》するのだった。

「正直に言えたな絵理沙。このままアナルバイブで感じさせてやるからな」

「はい、お願いし――お、おおっ……んおぅ、んおおッ……」

絵理沙の言葉が終わる前に、細いバイブ先がゆっくりと肛門に押しこまれる。

幸い振動は止まっていたが、尻孔の奥へずぶぶと潜っていく異物感に、喉奥からケダモノめいた喘ぎを漏らしてしまう。

「ほら、力を抜いて、受けいれるんだ」

「で、でも、いきなひ……つ、突っこまれたら、おぅ、おぅぅ、おうぉぉ……」

「んん、やっぱりちょっとキツいな。オナニーのナマ配信するぐらいだ。もっと開発

してると思ったんだけどな」

「だ、だって、あれは、ぷ、プレイですからぁ……あお、あおおっ、ふだんは先っぽを入れるだけで、お尻の奥までなんて、おお、おおほぉっ……」

直腸の中ほどまで、ズブブブとアナルバイブを押しこまれて、絵理沙は強烈な挿入感に耐えつづけた。

「じゃあ、少し振動させるぞ。そらっ」

「あ、こんなに奥でブルブルされたらっ……あうぁあぁあぁあぁッ！」

尻奥にバイブの振動を受けて、絵理沙は叫びをあげてしまう。同じタイミングで、おま×この奥に突きこまれた屹立が大きく抜き差しされはじめた。

「あひ、ふひぃ、んいいっ……アナルだけじゃなく、おま×こもいっしょにズボズボされてぇ、ひあ、ひああッ、あひあぁーッ！　こんなすごいの、ムリですぅッ！」

流しこまれる愉悦の奔流に抗うように四肢を強張らせて、嬌声をあげつづける。アナルと膣、両方で感じながら、腰を大きくくねらせて悶えつづけた。

「んっ、んんっ、まだ足りないか？　だったら、これでどうだッ」

空也はアナルバイブを振動させたままで、その出し入れを激しくしてくる。さらに膣奥への抽送も荒々しさを増した。

秘壺と尻孔がいっせいにピストンを受けて、膣底と腸奥が同時に抉られる。痺れるような愉悦が内臓を幾度も揺さぶってくる。立て続けに襲いくる刺激の凄まじさに、どちらからもたらされたものか絵理沙には判然としない。

絶え間なく押し寄せる歓喜の荒波に翻弄されて、絶頂へと昇っていく。

「おひ、おひぉ、ふひぉッ……せ、先生っ、ひどいです。そんらにされたらぁ、もう、た、耐えられないです。お尻とおま×こで、イグぅ、イグイグイグぅぅーッ……」

そうして女体をぶるると小刻みに震わせて、嗄《しやが》れんばかりの艶声を発しながら、

「おっ、おおっ……おおふぉッ……おっほぉおおおぉおぉおぉ——ッ!!」

アナルと膣でともに果てて、オルガスムスのめくるめく悦びに身を委ねるのだった。

「……あ、あう、あうう……お尻でも、気持ちよくなってしまって……」

絵理沙は荒く息を乱しながらも、果てた余韻に浸《ひた》りきっていた。

(私、さっきまでバージンだったはずです。なのに、先生のオチ×ポでまたイカされてしまいました)

瞳に恍惚の色を浮かべたまま、身体をベッドに力なく横たえる。セックスの激しさを物語るように流れるような絵理沙の黒髪はベッドに広がって、汗ばんだ横顔に乱れ髪が張りついていた。

空也は絵理沙の髪を整えながら、再び腰を使いはじめた。

「あん、あんっ……まだ終わりじゃないんですか……？」

「俺はイってないからな。このまま、続けるぞ」

「そんな……今、されてしまったら、またぁ……あひ、はひぃッ……少し休憩させてください……ひう、ひうんッ……」

連続絶頂した膣の感度は凄まじく、ゆっくりと二、三度抜き差しされただけで、ラブジュースが溢れて、止まらなくなってしまう。

絶え間ないピストンの繰り返しとともに、エクスタシーの波が押し寄せてきて、絵理沙を再び歓喜の頂へと押しあげていく。

「オナ配信までしてるのに、案外、ウブなんだよな。絵理沙はっ」

「あひ、んひぃ、だって私まだ中学生ですから。二年前まで小学生で体型も子供だったんです。それが身体だけ、大人の女になってしまって……は、激しっ、激しすぎます、先生っ。あん、あんんッ！」

「じゃあ、なんでオナ配信なんてしてたんだ。ん、んんっ！」

「エッチな身体つきになってから、男のヒトがジロジロ私を見るんです。そのいやらしい視線がクセになってきてしまって、配信を始めるようになってしまいました」

息も絶えだえになりながら、絵理沙は話しつづける。もはや自分から腰を振るような余裕はなく、教師の抽送を受けとめるので精一杯だ。

「せ、先生っ……配信のことは、みんなには内緒でお願いします。あう、あううッ、イグぅ、またぁ、イグのぉッ……ひぐ、ひぐぐぅ……ひっぐぅううぅ――ッ!!」

びくびくと背肌を戦慄かせながら、絵理沙はまた悦楽の極みに達した。

「またアクメってしまいましたぁ。はぁ、はぁはぁ、もう許してぇぇ……これ以上、イっちゃうの怖いです……」

連続で絶頂しつづけて、絵理沙は自分が自分でなくなっていくようだった。頭の中は薄桃色の靄《もや》がかかっていて、膣もアナルもさらなる責めを求めて貪欲《どんよく》に蠢いていた。

(あぁッ……これ以上イカされたらぁ、身体がこのチ×ポに逆らえなくなってしまいます。空也先生のオチ×ポ奴隷、一直線ですっ)

さらにアクメを重ねれば、もうあと戻りできなくなる――絵理沙のメスとしての本能がそう訴えかけてきていた。

「だったら、俺に協力してほしい。凜々菜をなんとかするのに、絵理沙にも手伝ってほしいんだ。いいか?」

「はい、手伝います。なんでも協力しますからぁ……んひ、くひぃ……んいいッ、も、もうっ、イカせないでくださいっ……」

絵理沙は瞳を潤ませながら、それだけをなんとか口にする。

「手伝ってくれるなら、助かる。それじゃ、これで最後だっ！　んんんっ」

空也はおま×この奥に剛直を突きたてながら、今まで動かしていなかったアナルバイブもズブブブとさらに奥へ押しこんでくる。

S字結腸が内側からぐっと押し伸ばされて、今まで感じたことのない強烈な異物感に腰をビクンと浮かせてしまう。

「そんなに……おっ、奥はぁ……ら、らめぇぇ……お、おう、おううッ……」

「んん、そうか、もっと奥がいいのか。そらっ！」

「ふぐ、うぐぅ、んぐぐぅぅ……ら、らめっれぇ言ってるのにぃ、先生は意地悪です。おま×こと、お尻の奥ぅ、いっしょにせ、責めないでくださひぃ、そこぉ、一番、い、イギやすいところぉッ、私の弱点なんれすぅ……んお、んおおッ……んおぅッ……」

「だったら、これで終わりだから、思いきりイっていいぞ！」

言葉とともに、空也はアナルバイブのスイッチを入れる。

「いっ、いいとかッ、そういう問題じゃ——んひ、んひいぃいいぃ、あひいぃいいぃいいぃいいッ……」

鮮烈な振動が腸奥を一気に襲ってきた。その激しさからバイブレーション強度が最大値まで達していることを瞬間的に理解する。震えが尻奥から子宮へダイレクトに伝わってきて、刺激の凄まじさに頭の中が真っ白になった。

同時に雄槍の穂先が子宮口に押しこまれて、直腸側と膣側から子宮が挟撃《きょうげき》される。二方向からの叩きつけられる快美の波に、絵理沙は四肢を強張らせつつ、必死に堪えようとした。

だが、押し寄せる歓喜の荒波にずっと耐えられるはずもなく、喉奥から声も嗄れんばかりにケダモノめいた叫びを発して、剝きだしの内腿を引き攣らせながら至悦《しえつ》の極みへと駆けあがっていく。

「おひ、おひぃ、ふひぃいぃッ……子宮に気持ぢいいのぉ、来てぇ……もう、ほんろにっ、らめぇぇッ、らめらめらめぇ、らめなのぉ――ッ……おっおおおぉ――ッ!!」

「俺も、奥に出すぞ。んんッ、んっんんん――ッ!!」

快楽の炎に全身を焼かれて、ビクビクと女体をのた打たせながら、絵理沙は愉悦のピークに到達する。空也もまた屹立をビクンビクンとリズミカルに震わせて、白濁液を膣内に放出したのだった。

「……あお、あおぅッ……熱いのッ、また出されてぇ……イグぅぅ……ああ、あーッ……あひぃ、はひぃッ、びゅぐびゅぐぅ、ナマ出しのたびに、イグイグイグぅ、イグぅんッ……イグのッ、止まらないのぉーッ……お、おッ、おおッ、おっおおーッ！」

膣奥に精液の確かな存在感を感じながら、絵理沙のアクメは終わることなく続き、連続絶頂の暴風雨に曝されてしまっていた。

「……こんなにすごいセックスされたらぁ……私、先生以外のチ×ポと付き合えないですぅ……また、い、イグぅんッ……あひぃッ、んいいッ、んっいいーッ！」

空也と繋がったままで、絵理沙は数えきれないほど達しつづける。そうして快楽と恍惚の海に呑まれて、これ以上ないほどの多幸感に包まれる。

やがて絵理沙は力尽きてしまって、空也のぬくもりを身体の内と外に感じながら、意識を失うのだった。

第四章　秘蜜のチューボーハーレム

（そろそろだと、思いますが……）

絵理沙は寮の浴場で凜々菜が来るのを待っていた。そろそろ彼女が他の女子と連れだって入浴にやってくる時間だ。

浴場は広々として、いくつものシャワーが並んでいた。浴槽も十人ほどがいっぺんに入れる大きなものだ。

そのお湯に凜々菜たちが浸《つ》かったところで、絵理沙が追加で強力な媚薬を投入する。

やがて薬が効いてきたところで空也を呼ぶ。そんな手はずになっていた。

少しして、ふだんどおり凜々菜が浴室に入ってきた。数人の取り巻きギャルもいっしょだ。

「あれ～、絵理沙っちじゃん。いたんだ～♪」

「あ……凜々菜先輩。こんにちは」

「ね、今日も空也っち先生と遊ぼうって話をしてたんだけど、絵理沙っちもどう？」

「お誘いありがとうございます。私におかまいなく」

絵理沙は自然体でそう答えるものの、心の奥を見透かされているような気がして、内心はドキドキがとまらない。

「ね、先生が参っちゃうような、新しい薬あったら、また教えてね♪」

「はい、わかりました」

心なしか言葉尻がうわずってしまうのだった。

凜々菜たちが大きな浴槽に入ったのを見計《はか》らい、絵理沙もそこに浸かった。彼女らに見えないように、小瓶に入った媚薬の蓋《ふた》をそっと開ける。

（……量に気をつけないといけませんね。もし、間違って全部入れてしまったら、マウンテンゴリラだって発情して人間を襲うぐらいの代物ですから）

緊張でどうしても手が震える。

凜々菜は嫌いではないが、今の絵理沙に空也の頼みを断るという選択肢はなかった。

そうして、液状の媚薬を浴槽内へ滴下しようとした、その瞬間、

「ねえ、絵理沙っちぃ、隅っこで、なに、こそこそしてんの♪」

凛々菜に後ろから、いきなり声をかけられる。

「あっ……!?」

驚いた絵理沙は媚薬を瓶ごと湯船の中へ落としてしまうのだった。

「んん、どうしたの～？　変な声、出しちゃって」

「いえ……なんでもありません……」

近づいてきた凛々菜へ努めて冷静に返しながら、横目でゆらゆらと浴槽の底へ沈んでいく小瓶を見守るしかなかった。

(……やってしまいました)

平静を装ってはいたが、絵理沙はショックで内心は激しく動揺していた。

「ほらぁ、こっちでみんなとおしゃべりしよっ♪　アタシらより年下なのに、ヤバい大人で美人だし、髪とかも、ちょ～サラサラで、マジうらやましすぎっ♪」

「私、そろそろ出ますから。それでは――」

「え～、待ってってって。今、お湯に浸かったばっかじゃん。ほらぁ、こっち来て。キレイの秘密、いろいろ教えてよぉ」

「そんな……だ、ダメです……凛々菜先輩……」

「なにがダメなのか、わけわかんないって。せっかく、他のみんなもいるんだし♪」

お湯の中で凜々菜にじゃれつかれてしまって、絵理沙は逃げだす機会を失ってしまうのだった。

（……はぁ、はぁはぁ……これは、やってしまったかもしれません。身体がだんだん熱くなってきてぇ……空也先生、申し訳ありません……）

やがて浴槽内に広がった媚薬成分のせいで、絵理沙は身体に力が入らなくなってしまう。凜々菜や他のギャルたちも浴槽内の異変に気づくものの、尋常《じんじょう》でない火照りに襲われてしまって、満足に身動きできなくなってしまうのだった。

＊

予定の時間を大きく過ぎても、絵理沙からはなんの連絡もない。さすがに気になった空也は響を連れて、浴場内の様子を確かめにいくことにした。

（……けど、俺が行って、前みたいに大騒ぎになったら）

桃鷺寮に来た日の出来事が一瞬、頭を過《よぎ》った。空也は少し考えて、響に脱衣所を見てもらうことにした。

「あの……ボクも先生と同じで、男なんですけど……浴場にも入らずに、部屋のシャワーだけで今まで済ませてたんですが……」

「そっか……けど、外見が可愛いし、大丈夫だって」

「あうう……そ、そういうものなのでしょうか。騙されてませんよね、ボク？」

「大丈夫。なにかあったら、俺が全力でかばってやるから」

空也は響の背中を強引に押して、そのまま脱衣所を確認してもらった。彼は恐るおそる中の様子を窺い、それから忍び足で入っていった。

ややあって、響が戻ってくる。彼によると、脱衣所には誰もいないらしい。

「だったら、中だよな。けど、誰か入ってくるとマズいし……」

少し思案してから、響を見た。

「響、お風呂の入り口に故障で使用中止とか、貼っといてくれよ。あと誰も入ってこないように、見張っててくれると助かる」

「わ、わかりましたっ」

あとのことを響に頼むと、空也は脱衣所に入った。彼の話どおり、そこには誰もいない。そのまま恐るおそる浴場のドアを開けると、シャワーの並んだ洗い場のところで、複数の女子が淫らに身体を重ねあっていた。

「……く、空也先生……すみません。お風呂の媚薬のこと、バレてしまいました……

あん、あんんっ……」

そこにいたのは絵理沙で、凜々菜の取り巻きギャル三人に女体を艶かしく弄ばれていた。

「そーいうこと。あたしらをハメようなんて、はぁはぁ、変なこと考えるからぁ」

「けど、完全にハメられちゃったよね。身体が火照ってぇ、今、エッチなことしか考えられないし」

「ウチも、絵理沙とエッチなこと、したい。んちゅッ、ちゅ、ちゅぱっ、ほらぁ、女の子同士、キスしよっ……」

絵理沙の強力な媚薬にあてられてしまっているのだろう。

ギャルたちは蕩けきったアヘ顔のままで、互いの秘部を手で慰めあい、キスしたり、張った乳房を絡めあったりしていた。

（……これは、ちょっと効きすぎてないか。みんな、エロすぎだろ……）

ＪＣとは思えない淫蕩な乱れぶりに思わず生唾を吞んでしまう。空也の目の前では、若く潑剌とした美獣同士のエロティックな交わりが続けられた。

「そんな、先輩がたぁ、もう許してぇ……あ、ああ、ああーッ……あはぁぁ……」

三人の上級生から裸身を弄《いじ》られて、絵理沙は黒髪を妖しく乱しながら、抜けるように白い絹肌をぶるると震わせつつ、切なげな嬌声をあげる。

一人が彼女のたわわな爆乳を揉みこねているあいだ、別の一人は股根をいやらしくしゃぶりたて、別の一人はボディソープで泡立った裸身を横からねっとりと擦りつけていた。

さらに素肌へ粘液状のボディソープが塗りつけられて、絵理沙自身もまんざらでもない様子だ。

ギャルたちのすべらかな柔肌に顔を埋めたり、ぬるついたソープがもたらす蕩けるように甘い感触を自らも積極的に楽しんでいるようにも見えた。

ＪＣたちのなま白く艶やかな柔肌が押しあってへしゃげ、たわみ、擦れて、溶けるように絡みあう。四人の女体はまるで一つに溶けあった一頭の淫獣にさえ見えてくる。

「……そういえば、凜々菜は」

そこまで口にしたところで、浴場の湯気が晴れて、すぐ脇に彼女が立っていることに気づいた。

「空也っち先生……絵理沙っちの媚薬まで使うなんて、教師のくせに、ヤバいぐらい手段選んでないってカンジだしっ。はぁ、はぁはぁ……」

凜々菜は肌を薄桃色に染めたまま、ゆっくりと近づいてくる。もちろん生まれたままの姿だ。だいぶ媚薬が効いているのだろう。呼吸は大きく乱れて発情しているらしいのは傍目にも明らかだ。

「もう、逃がさないし。捕まえたぁ」

「あ、こら、服着たままなんだぞ」

「そんなのアタシに関係ないし。先生ってば、こーやって、アタシら媚薬漬けにして、めちゃくちゃに犯してぇ、二度と逆らえないようにするつもりだったんでしょ。ぜーんぶ、絵理沙っちがしゃべったんだってば」

凜々菜は空也の背に手を回すと、そのままぎゅっと抱きついてくる。彼女の双球はJCらしく綺麗なカーブを描いていて、空也の胸に押しつけられたそれは鏡餅のようにうすべったく押し拡げられる。

「けど、それがアタシらに通用するかな。はぁはぁ、処女だったあの子と違って、先生に簡単に屈服《くっぷく》したりとか、そーいうの絶対、ないし……」

お湯に濡れて、しっとりした瑞々しさとすべらかさを感じさせる生のバストはひどく官能的で、それがむにゅむにゅと胸板に擦りつけられるたびに、空也の屹立は否応なく反応してしまう。

「空也っち先生、もうこんなにしてぇ、すぐに勃起とか情けなさすぎ。こんなんで、アタシをヒイヒイ言わせたりとか、ムリじゃない？」

挑発的に迫る凜々菜だったが、彼女自身も媚薬のせいで左右の乳嘴を硬く勃起させてしまっていた。美しい膨らみの双丘といやらしく突きだした乳首は不釣合いで、それがかえって凜々菜の艶かしさを強調していた。

「やってみないと、わからないだろ。んんっ」

凜々菜の唇を奪うと、そのまま口腔の奥に舌を突きこんで、じゅぶじゅぶとかき混ぜてやる。彼女もそれに応えて舌をいやらしく絡めてきて、舌同士で淫らな剣戟《けんげき》がしばらく続いた。

「んちゅ、ちゅぱ、ちゅぶぅ……空也っち先生、キスぅ……ヤバいぐらいエッチで、んう、んううっ……」

「普通にしてるだけだぞ。やっぱりだいぶ媚薬が効いてるみたいだな」

空也は彼女の口腔を舌で犯しつくしてから、多量の唾液をそこへ流しこんでやる。

「んう、んううっ……んく、んくんく、んくくっ……ぷはぁ……」

凜々菜はそれを喉を鳴らして飲み干すと、ゆっくり唇を離した。

さきほどの威勢のいい言葉とは裏腹に、表情は完全に蕩けきっていて、ふだんの強気な面影はどこにもない。

「はぁはぁ、こんなキスでアタシ、負けないし……あっとと……ととっ……」

彼女は空也に抱きついたまま膝から崩れて、その場にへたりこんでしまう。

「ひゃんんっ……身体に力が入らないくって……こんなの、ありえないし……」

空也は凜々菜を浴場の床に組み敷くと、彼女の両腿を大きく引きあげて、股間を大きく曝けださせた。

露出した膣孔が天井を向いた、いわゆるまんぐり返しの体勢だ。

「それじゃ、このまま可愛がってやるからな。どこまで頑張れるか楽しみだな」

「あんんっ、アタシ、全然平気だから……あひ、ふひぃ、んいいっ……」

そのまま舌先で入り組んだ秘裂をほじるように舐めまわして、包皮に覆われたクリトリスをちゅぱちゅぱと吸いたてる。

膣奥からは蜜が滲んで、メスのほのかな酪匂が鼻腔をくすぐってくる。

「はぁ……はぁはぁ、この格好で舐められるの、恥ずかしいかもぉ……んひ、ふひぃ……んあ、んああッ……」

「凜々菜のいやらしいところ、奥まで丸見えだからな。んれろ、れろろ、れろじゅるぅ、ぢぅぅ、ぢぅぅぅ、ぢぅるるぅ……」

舌で秘溝を上下に大きく舐めしゃぶって、唾液にまみれたベロ先で膨らんだ淫果を突いてやる。空也が口の端を愛液まみれにしながら、ちゅばちゅばと音をさせながら舐めしゃぶる。その様子も凜々菜から丸見えだ。

明るい場所で姫割れをしっかりと観察されながら、同時にいやらしく愛でられて彼女は含羞《がんしゅう》のあまりに下腹部をぶるると戦慄かせた。

「ふひ、ふひぃぃ……ふひぅぅ……空也っち先生、舐めかたぁ……それマジでエロすぎだってば、ひっ、ひんっ、ひんんっ……」

「そんなの自分でわからないからな。んぢぅ、ぢぅるっ、んぢゅるるるるぅッ！」

湧きだす彼女の蜜をわざと大きな音をたてて啜ってやる。

「……ちょっとぉ、音させすぎだって……自分のおま×こ、ぐしょ濡れすぎて。媚薬のせいって、わかっててても、ちょ〜恥ずかしいしッ……はう、はうう……」

「んぢゅるるぅ、んくんくっ……凜々菜のエロいジュース、まだ飲ませてもらうぞ」

「いちいち聞かなくても、もっと飲んでも、はぁはぁ、いいってぇ……んひ、はひぃ、くひぃッ……」

舌根を奥まで強く押しこまれて、蜜壺をぢゅぽぢゅぽと攪拌されるだけで、凜々菜はひいひいと切なげに喘いだ。

「あん、あんんっ……んひぁッ、あひぁッ……おま×この中ぁ、ベロで混ぜまぜされるだけで、こんなにエッチな声、出ちゃうなんてぇ……いつもの媚薬と、これ、全然違うし……あひ、はひぃ……」

媚薬のせいでますます感度が上がっているのだろう。このまま責めれば、セックス慣れした凜々菜と言えども、二度と逆らえなくなるほどイカせられそうだ。

凜々菜が淫らな反応を重ねるほどに、緩みきった姫孔から漂う甘く饐《す》えた香は濃くなって、それが空也を激しく昂らせた。

「汁も溢れて、匂いもすごいな。やめろと言われても、もうやめられないからな」

「そんなこと言うわけないじゃん。もっとエッチなことしてくれても、OKだし。逆に先生のザーメン、アタシのおま×こでヤバいぐらい搾りとってあげるって♪」

「言ったな。もう容赦しないからな」

空也は隆起しきった雄根を凜々菜の蜜口にぐっと押しつける。

「ひゃうんっ……ん、んぅ、くふぅ……入り口ぃ、じゅぶじゅぶしないで、奥まで一気きてよぉッ……あん、あんんっ……」

亀頭の先が軽く潜っただけで、愛液をたっぷり孕んだ花弁は濡れたスポンジのようにジュンとおツユを溢れさせた。

「それじゃ、いくぞッ。後悔するなよ。んんんッ——」

空也は隆々と勃起しきった秘柱を膣壺へ上から沈めていく。狭まった膣の狭隘が張ったエラに拡幅されて、溜まった蜜液がどぷりと結合部から押しだされてた。

「ああ、ああぁああぁ、空也っち先生のオチ×ポ、やっと来たぁ……あう、あううッ……あうぁッ、あっあぁーッ。もっと奥までズブって突きこんで、めちゃくちゃにかき混ぜてぇッ！」

「ビッチにおねだりしたこと、後悔させてやるからな。んう、んううッ！」

空也は凜々菜の膣奥まで切っ先を押しこんでから、腰を大きく上下させて彼女の秘壺の中を荒々しく混ぜこねてやる。

ピストンのたびにずっちゅずっちゅと生々しい粘水音が響いて、接合部からは淫汁が湧き水のごとくドプドプと溢れかえった。

「んひ、ふひぃ、んい、んいいッ……これぐらい、大したことないじゃん。アタシだって、空也っち先生のオチ×ポ、いっぱい感じさせて、ザーメン出させてあげるからっ、んう、んううッ！」

凜々菜はおま×こを突きだしたまま、艶腰を前後左右に揺さぶって、空也の幹竿を膣ヒダでねっとりとしごいてきた。同時にザラついた膣粘膜で亀頭の鋭敏な箇所をずりあげるように幾度も擦ってきて、射精欲求が積みあがっていく。

「あんっ、おま×この中で、オチ×ポびくつかせてぇ、もう出しちゃいそうなんじゃんっ。ほらほらぁ、このまま出せっ、出せ出せっ、アタシのドスケベま×こに敗北してッ、思う存分ザーメンっ、搾られちゃえぇぇ――ッ！」

「そう簡単にいくかよっ、んん、んんんッ！」

凛々菜の膣壺は意思を持った別の生き物のように自在に蠢いて、四方八方から空也の逸物をぎゅうぎゅうと締めつけて、雄汁を吐き出させようとする。

（……くううっ、今出したら、また凛々菜がつけあがるからな。先にアクメさせて、徹底にわからせてから、思いきり種付けしてやるっ）

空也は下腹部で沸き起こる射精衝動をなんとか押さえこみながら、杭《くい》打ち機のように凛々菜の膣底を怒張で抉りつづけた。

「あひ、んひぃ……ひぐ、ひぐぐぅッ……子宮までぇ、ズンズンって響いて、すごい、すごいのぉッ……最初から、これぐらい激しくセックスしてくれたらよかったのに、空也っち先生ってば、ず〜っと受け身なんだからぁ、んぐ、あぐぐぅッ！」

「俺だって教師だし、教え子の中学生とヤリまくりってわけに、いかないだろっ」

「ひう、ひううッ……でも、今はアタシのおま×こ、犯しまくりだしっ……」

「誰のせいでこうなったと思ってるんだ。そら、そらそらっ！」

生意気な口を叩くたびに大きなストロークで亀頭を勢いよくぶつけて、凜々菜に教育的指導を加えてやる。

「ひぎ、ひぎぅ、んひぐぅ……けどぉ、先生もよかったんじゃない？　毎日、アタシみたいなＪＣとセックスできてぇ……ひぐ、ひぐぐぅッ！」

彼女は憎まれ口を叩くだけで、組み敷かれたまま空也に好き放題犯されつづけた。

「まったく、口が減らないな。黙ってれば、可愛いのに。んんんんッ！」

「あひぃんッ……せ、先生のチ×ポ先ぃ、アタシの子宮のお口と、いやらしくキスしひゃってぇ……ひぐッ、ひぐぅ……ひぐぎぃッ……」

「ん、どうした？　キスが好きなんだろ？　もっといっぱい奥までチ×ポ突っこんで、ぐちゃぐちゃにしてやるっ」

空也は膣底の秘環をぐいいと押し拡げて、そのまま子宮頸をじゅぷじゅぷとかき混ぜてやった。

「ひい、ひいぅッ……んひぐ、んひぎぃ……子宮の入り口ぃ、ズボズボしないでぇ、そこは違うからぁ、他の場所と違ってノーガードだからぁッ……ふぎッ、あぎぃッ、あぎぃぃッ……」

「だったら、好都合だなっ。イキたくなったらいつでもイケよっ！」

「ひぐ、ひぐんッ、簡単にイカされるとか、絶対ないしッ。先生こそっ、ザーメンお漏らししたいんじゃないの？　んひ、ふひい、んいいッ！」

子宮口への小刻みな責めの前に凜々菜は頤を大きく反らして、上体をビクビクと震わせて身悶えする。

反抗的な口を利く余裕もないようで苦しそうに喘ぎながら、緩んだ唇の端から涎がだらしなく零れた。空也は彼女の様子を見ながら、ギリギリのラインで責めつづけた。

イキそうなら緩めて、余裕が出そうなら激しくする。

「ひい、ひいんッ、んひいんッ！　子宮にチ×ポっ、先生のデカチ×ポっ、出たり入ったりしてぇ、一番奥のメスの大事なとこっ、ぐちゅ混ぜにされひゃってるぅ！」

延々と子宮口を犯されて、本来は硬く閉じているはずの肉リングがペニスをやすやすと受け入れるまでになっていた。

「はひ、ふひぃ……んぎぃ、んぎぎぃ……赤ちゃんのお部屋の入り口ぃ、先生のデカマラで緩んでぇ、子宮のお口ぃガバガバで、オチ×ポの形ぃ、くっきりはっきりっ、刻みこまれちゃってるぅ、んお、んおうッ！　こんなのってないよぉッ！」

凜々菜は顔をぶんぶんと振りながら、ビッチに乱れつづけた。ふだんの生意気な様子はすっかり影を潜めて、彼女は完全に一個のJC肉便器と化していた。

「よかったじゃないか。俺もここまで子宮を犯しまくったのは初めてだ。このまま中にたっぷりと子種をぶちまけてやるぞっ！」

「い、いやぁッ……いやいやぁッ、今、出されたらぁ、イクぅッ！　めちゃくちゃにイキまくってぇ、先生のオチ×ポの形ぃ、覚えちゃうっ。子宮で形状記憶しちゃうからぁッ！　マジでムリぃ、ムリだってばぁッ！」

「んんっ、俺のこと嫌いなのか!?　ん、どうなんだ!?」

「き、嫌いじゃないってか、むしろ好き、好きだけどぉ、そーいうのと、子宮のお口が先生のチ×ポの形になるのっ、全然違うし。もう先生以外でイケない身体に、先生のオチ×ポ奴隷にされちゃうからぁッ……」

「じゃあ、なれっ、このまま俺のチ×ポ奴隷になっちまえ！　そらぁあぁーッ!!」

空也はトドメとばかりに子宮内をぐちゅぐちゅと責めたててやる。

大きく張ったエラに子宮内を混ぜられ、内粘膜を擦りあげられて、凜々菜は法悦の頂へと一気に押しあげられていく。

「あひ、んひぃぃ……ほぉ、ほぉぉッ……もうっ、だ、だめぇぇッ、ひぐ、ひぐぅ……ひっぐぅうううぅ——ッ!!」

凜々菜はまんぐり返しのままで、獣欲剝きだしの淫声を高らかにあげる。そうして大きく広げた太腿の柔肉をぶるぶると波打たせて、悦楽の果てへ到達したのだった。

「イったみたいだな。それじゃ、このまま中に出してやるぞ。うおおおッ！」

空也は絶頂した教え子ギャルの子宮奥へ、夥しい量の生殖液をダイレクトに注ぎこんでやった。

「んあ、んあぁ……悔しいけどぉ、アクメしひゃったぁ……しかも気持ちよくなっちゃった子宮に、どばどばって精液ナマ種付けぇ……あえ、あええ……あえぁぁ……」

「まだ、終わってないぞ。大人の恐ろしさをちゃんと身体に教えてやる」

「そんな、もう終わって。身体、本当に持たないからぁ……ふひぃ、くひぃッ……」

一度、子宮に出しただけで空也の種付けプレスが終わることはなく、まんぐり返しのままの凜々菜の子宮を何度も責めて、子種液を吐きだしつづけた。

ひとピストンごとに凜々菜は子宮で果てて、そのまま連続アクメしつづける。

「んお、んおおっ、んおぅッ……んひぉぉーッ！　いっ、イキすぎてぇ、子宮壊れるぅ……これ以上されたらぁ、マジぶっ壊れひゃうからぁ、もう許してぇ、お願いだからぁ……先生に二度とナマイキ言わないからぁ……」

出された白濁液が子宮を満たして、交合部から逆流してくるが、それでも空也は延々と種付けを繰り返した。

「あお、あおおッ……オチ×ポ、子宮に突きたてられまくって……ぎっ、気持ぢよずぎでぇ、絶対これぇ、おかしくなるヤツだってぇ……」

凜々菜は瞳に媚びた色を浮かべて、必死に助けを求めてくる。

「ねえ、空也っち先生ぇ……いつでアタシのこと、肉便器づかいしていいからぁ……年中孕ませセックスOKだからぁ……今日はもう休ませてぇ……なにもしてなくても、子宮イキつづけてぇ……ふひ、ふひぃ、ふいぃッ……わけわかんないのぉ……」

最後のほうには中出しされた精液の水位が上がってきて、上向きに口を開けた凜々菜の膣は水甕《みずがめ》のように白濁液をいっぱい湛《たた》えている状態だ。そこに空也は幹竿をリズミカルに突きこんで、子宮に白濁を押しこみつづけた。

「……んひ、んぐひぃ。アタシがマジ悪かったし……あぇ、あぇぇ……んぇぇ……」

凜々菜は連続絶頂で力尽きた末に、ぐったりとなって浴場の床に倒れこむのだった。

「これだけやれば、大丈夫だよな……」

空也は凜々菜の膣洞から勢いよく怒張を引き抜く。彼女の股間は竿胴の太さにぽっかりと開いていて、内奥にはたっぷりと粘汁が溜まっていた。

強く手で押し拡げていた凜々菜の両太腿から手を離すと、彼女の下肢はだらんと床に転がる。緩みきった膣溝からは乳白色の粘液がドロリと零れだして、甘い栗の花の香を漂わせながら、粘った湖を作るのだった。

「……そうだ、絵理沙は？」

少し離れた場所に目をやると、三人のギャルと互いにイカせあった末に、ぐったりとなった絵理沙が壁際にもたれていた。

「大丈夫か？」

「はい、私は大丈夫です……はぁ、はぁっ……」

絵理沙の瞳は熱く濡れて、呼吸は大きく乱れていた。まだ媚薬で発情しているのは傍目にも明らかだ。

彼女と乱れていた凜々菜の取り巻きギャルたちは、周囲で折り重なるように倒れていた。

「マジ、この子なんなの。あたしらより年下のクセに、エッチすぎだってば……」

「……絶対、変な薬使ったよね。私のあそこ、まだイったまんまだからぁ……」

「ウチもいっぱいイカされひゃったぁ……あえ、あええ、またぁ、遊ぼうね～♪」

三人のＪＣギャルたちは蕩けきった表情で、それだけ言うので精一杯のようだ。誰かの手で徹底的にアクメさせられたことは間違いなさそうだ。

（いっしょに絡んでたのは、絵理沙だよな。それじゃあ、やっぱり……）

空也が絵理沙の顔を見ると、彼女は恥ずかしそうに俯いて、はちきれんばかりに盛りあがった膨乳の狭隘から親指ほどの小さなプラケースを取りだした。

「このクリームを試しに使ってみたんです。そうしたら思った以上に効いてしまいました ぁ……」

「それ、また新しい薬か。ここまでしたら、俺が手を出すまでもなさそうだな」

空也は絵理沙の脇のＪＣギャルたちの裸体を眺める。少し惜しい気もした。

「……でしたら空也先生、私が代わりにお相手いたします。この私のいやらしく育った身体を存分に……あ、ああ……あぁはぁッ……」

言葉が終わらないうちから絵理沙は我慢しきれなくなって膣溝を弄りはじめた。

女同士で乱れた末に最後まで果てきれなかったせいか、欲求不満が最高潮に達しているのだろう。すらりと伸びた細指を下腹部で淫らに蠢かせて、ときおり感じ入ったような喘ぎを濡れ唇から溢れさせた。

「……もう身体が火照って、どうにもならないんです。お願いします、空也先生のオチ×ポ、またぁ、私にくださいっ……」

絵理沙は蕩けきった姫裂をじゅぷじゅぷと浅く混ぜながら、噎せかえるような色香を漂わせて空也を誘ってくる。

「……本当に中学生かよ。いまだに信じられないな」

苦笑しながらも、絵理沙のあでやかなオナ姿を見せつけられた空也は、すっかり乗り気になっていた。

「また後悔するぐらい、イカせてやる」

空也が絵理沙に襲いかかろうとした、そのときだ。

「ぼ、ボクもお願いします。絵理沙さんだけなんて、ズルいですっ！」

背後から声がした。響だ。

「ボクも先生に、あ、愛してほしいです。ずっと見てるのなんて、イヤです……」

振り向くと響はスカートの前を大きく膨らませて、恥ずかしそうにそれを手で押さえていた。

「見てたのかよ。ほったらかしにしてて、悪かったけど」

「……そう思うなら、ボクもエッチなことしてほしいです……」

瞳に涙を浮かべて、響は短いスカートから突きだした太腿をもじもじと擦りあわせる。その愛らしい仕草はトップアイドル級に愛らしい。走りよって抱きしめたくなる衝動を必死に堪える。

「それじゃ、響さんもいっしょに。それで、いいですよね、空也先生……？」

絵理沙の申し出は渡りに船で、空也はすぐに承諾《しょうだく》した。そうして響の服を脱がしてやってから、空也も裸になった。一年生の響が男の娘だということは、絵理沙も知っているらしくて、特に驚いた様子はない。

「……あうう、空也先生の前で裸なんて……やっぱり……は、恥ずかしいです……」

響は空也へのエッチな奉仕を自ら志願したはずだが、いざ脱ぐと乙女以上の恥じらいを見せる。片手で胸元を、もう一方の手で股間を隠す。指の間からいきり勃ったペニスの先が愛らしく覗いていて、思わず視線を注いでしまう。

「さ、こっちですよ、響さん。綺麗なお肌されて、うらやましいです」

「あ、はい……」

絵理沙は上級生らしく彼の手を引くと、自分が先ほどまで楽しんでいたボディソープ粘液を彼の身体に塗りつけて、天使のようなほっそりと引き締まった裸身に、にゅるにゅるを広げていく。

「あふ、んふぅ……絵理沙さん、だっ、ダメですぅ……はう、はうう……」

「でも、ぬるぬるが気持ちいいですよね。もっといっぱいつけてあげます」

絵理沙は自らの裸身にもさらにたっぷりのボディソープを垂らしてから、空也に向き直る。両手を大きく広げて、

「空也先生もぬるぬるで、いっしょに気持ちよくなりましょう。さ、どうぞ」

と、ボディソープでトロトロにぬかるんだ身体を差しだしてみせた。

「……そうだな……ごくっ……」

空也は瑞々しくとろみのついた絹肌に吸い寄せられるように、絵理沙をぎゅっと抱いた。その腕に身を任せながら、彼女は空也の背中や臀部にもボディソープを塗り広げつつ、ときに艶めかしく愛撫してきた。

「ボクも先生にいっぱい感じてほしいです。絵理沙さんには負けません。男の娘のボクだって先生をいっぱい気持ちよくできるって、証明して見せますからっ……」

響もさらに多量のソープ粘液を身体にまとわりつかせて、空也に横から抱きつくと、ぬめった柔肌を腕や腰に粘音をさせながら快《こころよ》く擦りつけてきた。彼に押された絵理沙は空也の脇へ移って、成熟した女体を淫らに絡みつかせる。

「あん、あんんっ、先生っ……響さんよりも、私のみたいな発達したいやらしい身体がいいですよね」

彼女は柔らかな肢体をねっとり擦りつけながら、自身の魅力を強くアピールした。

「自分でも持て余すぐらい、エッチに育っちゃってますけれど、これで先生が満足してくれるなら、かまいませんからぁ」

絵理沙がぬかるんだ双爆を大胆に押しつけて、それをスポンジ代わりにして洗体行為に及ぶと、響も対抗意識をかき立てられたのか、負けじとエッチに迫ってきた。

「え、絵理沙さん、ずるいです……空也先生は大人な身体よりも、控えめな男の娘のほうが、絶対、いいに決まってるんです。ボクのほうが中学生らしくて、いいですよね。はぁ、はぁはぁ……」

彼は耳まで真っ赤にして羞恥を抑えこみながら、可憐なペニスを押しつける。健気《けなげ》な自己主張がひどく愛らしい。

「男同士だからぁ、先生の気持ちいいところ、ぜ～んぶわかっちゃいますし、ついてるぶん、お得ですよね……ボクのおち×ちんも、先生のこと好き好きってエッチに勃起しちゃってます。ふひっ、くひぃ、んいいッ……」

響はメスの喘ぎをあげながら、しなやかにそり返った姫槍を外腿にぐりぐりと擦りつけてきて、その熱と硬さに、ひどくいけないことをしている気分になってしまう。

左側には絵理沙、右側には響。対照的な二人の教え子中学生に迫られて、空也はひどく困惑した。

「いやいや、どっちも可愛い生徒だから。選べないって」

左右からねばり、ぬかるんだ絹肌をエロティックに擦りつけられて、熱い吐息が忙しなく肩口に吐きかけられる。二人の愛らしい教え子ＪＣに挟まれて、空也は屹立をさらに雄々しくいきり勃たせた。

「それでも先生には、私を選んでほしいです。オチ×ポにもボディソープのぬるぬる奉仕、たくさん、いたしますから」

絵理沙は陰嚢から竿先にかけてソープ液を擦りつけてくる。手指が艶めかしく股間に絡んできて、ぬちゅぬちゅぬちゅとした粘り音が奏でられた。

「ボクも負けませんから。先生の先っぽの敏感なところ、ソープでシコシコしますね。んん、んしょ、んしょっ……」

響は可愛い声をたてながら、張ったエラの内側を指先でくすぐるように撫でたり、鈴割れを指先でじらすように優しく刺激してきた。ペニスを知り尽くした絶妙な手指の動きに空也は翻弄されて、いきりに力を漲らせてしまう。

左右から二人の麗しい指先が交互に伸びてきて、そそり勃った幹竿をぬるついた快い感触で愛撫された。

剛棒がねちっこくしごかれたかと思うと、別の手が玉袋に絡められて甘く弄ばれる。それを手のひらの上で転がされたり、にゅるにゅると揉みこまれたりと、生徒たちのしなやかな手指の奉仕にオスの急所が翻弄されつづける。同時にカリ先や怒張の括れがねっとりと擽《くすぐ》られて、同時に裏筋へ悦楽の奔流が注がれた。

位置を変えながら二つの手でペニスをぐちゅぐちゅと愛されて、もはやどちらがどこを責めているのかさえわからない。

空也もまた射精欲求を押し殺しつつ、二人のヒップに手を這わせて、ぷりぷりとした瑞々しい臀球の感触を楽しむ。尻の谷間や穴といった鋭敏そうな箇所をボディソープのぬるぬるで撫でかえすと、二人は甘い喘ぎを発しつつ艶美に双臀を震わせた。

「あひぃ、私、お尻を撫でられると、変な声、出てしまいます。ぬるぬるしてると、特に感じてしまって……んう、んううッ……」

「ボクもです。んん、んんんっ、お尻の穴ぁ、ほ、ほぐさないでぇ……空也先生のこと、ますます欲しくなっちゃいます……」

切なげな訴えに空也はますます昂って、尻丘の頂点や麓、その狭隘をまさぐる手の動きを速めた。そうして左右からの甘い囀《さえず》りを聞きながら生徒たちの手コキ奉仕を堪能した。

二人の生徒の心をこめた愛撫は凄まじい快美を空也の下腹部にもたらし、幾度も射精寸前まで一気に持っていかれる。竿胴はビクビクと妖しく震えて、切っ先からカウパーをだらだらと垂れ流してしまうのだった。

（このまま出して、すっきりしたい気持ちもあるけど……でも……）

二人は手コキしながらも、切なそうに吐息を乱して、その股根を物足りなさそうに空也の両腿へ擦りつけてくる。

その奉仕に応えて、空也も二人を満足させてやりたいと強く思った。

「……くっ、くううっ……ま、待てって。どうせだったら、二人とも可愛がってやるから。俺も絵理沙と響の中をじっくりと堪能したいからな」

空也はそう言いながら、絵理沙のクレヴァスと響の秘蕾へ指先を這わせて、そこをちゅくちゅくと浅くかき混ぜてやった。

「あひ、はひぃぃ……わかりましたぁ。私のおま×こ、いっぱい愛してくださいね」

「おふ、おふぉッ……ボクのお尻もお願いします。んお、んおッ、んおぅぅ……」

二人は屹立への愛撫を緩めて、惚けきった顔で空也を見つめてくる。そんな二人をぎゅっと抱き寄せて、可愛い生徒の唇をいっせいに奪う。

「んふ、あふぅ、んちゅ、ちゅぶ……いっしょにキスなんて、先生はいやらしすぎです……んちゅぱ、ちゅぶ、先生と響さんのベロぉ、いっぱひ絡んで、んれろろ」

「はふぅッ、ちゅぱ、ちゅぱれろ、んちゅぶ、トリプルキスなんれぇ、恥ずかしいです……んれろ、れろれるぅ……絵理沙さん、エッチなキス、ごめんなさいです……」

「ぷはぁ……まだ、これからだ。もっとドスケベなことするんだからな」

空也は三人同時キスの瑞々しく、柔らかな感触をたっぷりと楽しんでから、二人を浴場の床に寝かせる。

そのまま二人の身体を重ねさせて、股部を自分のほうへ向けさせた。

大人びた肢体の絵理沙が下で仰向けになってM字開脚し、響がその上に跨ってお尻を突きだす格好になる。

上になった響は柔らかく張ったヒップをぶるると震わせる。先ほどから空也がアナルを少しほぐしたこともあって、響の菊座は自然と開いてオスを求める。そのすぐ下には絵理沙の膣も覗いて、濡れた蜜孔の奥からとろみのあるシロップが滲みだした。

「はぁ、はぁはぁ……この格好、お尻の穴まで丸見えで。あんんっ、ジロジロ見ないでください。ボク、絵理沙さんみたいに大人になれないですぅ……」

「……大丈夫ですよ。私も恥ずかしいですから。それに響さんのオチ×ポ、私に当たってエッチです。先生に犯されたくって、勃起しちゃってるんですね……」

絵理沙は色っぽい笑みを浮かべつつ響を抱くと、その下腹で彼の屹立を甘く刺激した。

「ん、んん、絵理沙さん……空也先生の前でそんなところ、だっ、ダメですぅ……」

「ほらぁ、響さん。もっと身体をラクして、いっしょに愛してもらいましょうね」

中学生だと一つ年上でもだいぶ違うのだろう。絵理沙は上級生らしく響を導く。

「……あ、空也先生、これをお願いします。少しキツいお薬ですので、少しだけで」

絵理沙が差しだしたのは、先ほどのクリームタイプの媚薬だ。

「これを塗るのか？」

「はい、少しだけです――んふぅ、くふぅぅっ……」

空也は絵理沙の言葉が終わる前に受け取ったクリームを、まずは彼女の花弁に、そして響の秘蕾へと塗りこんでやった。

「はふ、あふぅ……お尻の穴ぁ、なんだかジンジンしてきます……絵理沙さん、これって、なっ、なんなんですかぁ……？」

「安心してください。とても気持ちよくなるお薬ですよ。アマゾンの奥地で取れる秘薬らしくて、特別にいただきました……」

「アマゾンって、あ、怪しすぎです……けどぉ、お尻の穴、エッチに疼いちゃって、あう、あうう……空也先生が欲しくてたまらないです……」

「効いてきたみたいでよかったです。私もあそこがトロトロで、もう限界です……あ、ああっ、先生の逞しいものっ、入れてください。お願いいたします……」

二人は息を乱しながら、下腹部を空也へ大きく突きだして、おねだり体勢を取る。

一瞬どちらにしようか迷う空也だったが、

「どちらかなんて決められない。両方同時にもらうぞ！」

そう宣言して、まずは響のアナルに屹立を押しこんでいく。

「んお、んおお……いきなひぃ、あお、あおぅっ……奥まで一気に来てぇ……」

いきりを彼の腸奥まで押しこむと、じゅぷじゅぷとお尻の奥を荒々しくかき混ぜる。

媚薬で蕩けきった直腸は淫らな締めつけを返してくる。

「んう、んううっ、やっぱり響のアナル、いいぞ。使うほどにこなれてきて、いやらしく絡んでくるっ」

「だって空也先生ので、いっぱい混ぜまぜされたら、勝手に反応しちゃうんです」

空也は響の尻孔を軽く犯し尽くすと、今度は絵理沙の膣を襲った。こちらは響の肛門以上にほぐれきっていて、なんの抵抗もなく膣底まで怒張を受けいれた。

「こっちはだいぶ緩くて、絵理沙のビッチぶりがわかるよな」

「ああ、あーッ、そんな意地悪言わないでください。私、男のヒトは先生しか知らないんです。それにずっと焦らされて、おま×こもトロトロになってしまって……」

非難がましく言いながらも瞳は淫蕩に蕩けて、絵理沙は自らも下腹部を揺さぶって、幹竿の存在感を堪能する。

「悪かったな。けど入れた途端にきゅっと締まって、俺のチ×ポの形、完全に覚えこんじまってるよな。んん、んんんっ」

空也が腰を小刻みに動かすと、秘腔は屹立にフィットするようにぴったりと絡んできて、エラの張りだした括れまでぬかるんだヒダが愛撫してくる。

「んひ、ふひぃ、中でいっぱい擦れてぇ、いい、いいです。たまらなく気持ちいいですっ。先生のオチ×ポでないと、ダメな身体になっちゃってますっ」

「……空也先生、ボクも、ボクのアナルおま×こも、愛してくださいです……」

「ああ、いいぞっ。次は響だ！」

空也は絵理沙の蜜壺から剛棒を引き抜くと、今度は響の尻蕾を犯した。

「お、おお、おおほぉ……お尻、いっぱい責められて、ますますよくなっちゃいます。このまま空也先生のオチ×ポでメスにされたいです。あお、あおおッ……」

ずちゅずちゅと腸腔を混ぜこねられるたびに、彼はケダモノめいた呻きを発しながら、美しく引き締まった尻たぶを振りたくって乱れる。

ときおり、背すじをビクビクと震わせて愛らしく悶える姿から、響の絶頂は近そうだ。

「響さんばかり不公平です、私も――はひぃいいぃッ……あん、あん、あんんッ！」

おねだりの言葉が終わる前に、今度は絵理沙が貫かれる。媚薬で感度がハネあがった蜜孔を激しくシェイクされて、抜き差しのたびに淫汁がエラにかきだされた。

「トロトロの敏感なおま×こ、奥までぐちゅ混ぜにされてぇ、なんにも考えられないです。自分で用意した媚薬ですけど、こ、こんなにすごいなんて知らなかったです。あう、あうぁッ、あっあぁあーッ！」

仰向けのまま大きく開いた両腿をぶるると戦慄かせながら、絵理沙もまたオルガスムスへと昇っていくのだった。

「これでフィニッシュだ。そらぁあああぁぁッ!!」

絵理沙の膣から雄槍を引き抜くと、その勢いでまずは響の腸奥を刺突する。そうしてS字結腸を内側から小刻みに責めて、ひと息に愉悦の彼方《かなた》へ押しやった。

「んお、んおおッ、んおほぉ……そんらに奥、いっぱい突かれたら、内臓まで感じさせられて……いっ、イグ、イグぅぅ。アナルま×こで、またアグメするぅぅッ……お、おお、おおほぉ……おっほぉおおおぉ——ッ!!」

「そらっ、出すぞっ、んうううぅぅ——ッ!!」

空也は果てた響の直腸内に欲望の奔流を大量に吐きだして、直腸粘膜を白く染めあげてから怒張を抜く。

竿先から精をびゅぐびゅぐと迸らせながら、そのまま絵理沙の秘筒を貫いた。

「あひぃぃ、響さんをイカせたばっかりの素敵なオチ×ポ、今度は私の中に入ってきてぇ……ひぐぅ、ひぐぐぅぅ……」

すでに果てかけ寸前だった絵理沙の膣は数回のピストンを受けて、絶頂への階段を一足飛びに駆けあがっていく。

「ひぎ、ひぎぅッ……もうっ、ムリ、ムリですぅ。あと少しズボズボされたら……ひう、ひううんッ……もうアクメぇッ、すぐアクメするぅッ！　このままぁ、アグメっちゃうぅぅッ……あっあぁぁ………あっはぁあああぁぁ――ッ!!」

「絵理沙の中にも出してやるぞっ。うおおぉぉ――ッ!!」

空也は達した絵理沙の膣奥に、雄叫びとともに熱く煮え滾った生殖液を荒々しく叩きつけるのだった。

「……はう、はうう……空也先生に、ボクぅ、イカされちゃいましたぁ……」

「はぁ、はぁっ……私は、まだ、い、イったままでぇ……せーしの熱で、おま×こ溶けてしまいそうです……」

仰向けの絵理沙も、上に重なった響も、二人とも種付け射精の愉悦で惚けさせられてぐったりとなった状態で、意味不明の喘ぎを漏らすことしかできない。

子種を完全に出しきった空也はゆっくりと絵理沙から剛直を引き抜いた。

縦二連に並んだ響のアナルと絵理沙の膣は、ともに竿胴の太さにぽっかりと開ききったままで、元に戻る様子はない。

「……ボクの中、空也先生でいっぱいで、お腹がちゃぷちゃぷ言ってますぅ……」

「私も、おま×こにたっぷり出していただきました。まだ温かくてぇ、素敵です……」

二人は喉奥から感極まった喘ぎを同時に発するとともに、ぶるると下腹部を艶美に震わせる。それが引き金になって、二人のメス穴の奥に溜まった種汁がドロリと零れだすのだった。

＊

寮の浴場での乱交を終えて、空也と生徒たちはロビーに落ち着くことになった。

まだ全員、媚薬の効果が尾を引いているらしく、妙にそわそわした状態で、ソファに座った空也の傍《そば》から離れない。両脇に凛々菜と絵理沙、膝の上には響がちょこんと座る。

凜々菜と仲のいい三ギャルたちも、すぐ目の前で瞳を熱く潤ませながら、空也をじっと見つめていた。

（……なんか、変なことになっちゃったな）

凜々菜たちをセックスでわからせて、空也に逆らえないようなムードを作ることには成功したものの素直に寄り添われて、かえって邪険にできなくなってしまっていた。

「ね、空也っち先生。また気持ちいいセックス、いっぱいして♪　アタシ、先生ひと筋で、お外で遊んだりとかないからっ」

「待ってください、凜々菜先輩。私も先生をお慕《した》いしています。ひとりじめはいけませんよ」

「ってかぁ、絵理沙っちも先生とヤリまくってたんだぁ。内緒にしとくなんて、なんか抜け駆けじゃない？」

「や、ヤリまくりだなんて、そんなことは……ありません、からっ……」

「あ、ちょっと赤くなった。クールな絵理沙っちも、先生にはガチ恋なんだ♪」

ＪＣ同士の賑やかなじゃれあいが目の前で繰り広げられるなか、空也は遠くからふと視線を感じた。見ると、義妹の紘香がそこにいた。

「あ……紘香、じゃなくて……観月……これは、その……」

「……九頭竜川先生……不潔よ……」

彼女はひどく冷たい目で空也を睨むと、ボソっとそれだけ言い置いて、その場から立ち去るのだった。

「あ……行っちゃった……なんか、変な誤解されたかもな……」

「え、でも誤解じゃないし。アタシらと先生ってヤリまくりで他人じゃないし♪」

「そういうのが、よくないいんだろ……はぁ……」

少し沈んだ空也の顔を見て、絵理沙が口を開く。

「……あの、空也先生。紘香先輩となにかあったんですか？」

「なにかって、言うか……その……まあいろいろな……」

ずっといっしょに暮らしていた義妹です、とは言えず口ごもってしまう。

「そうですか……実は私の媚薬ですけど、凛々菜先輩だけじゃなくて、紘香先輩にもお渡ししてたんです……」

絵理沙はちらりと凛々菜を見てから、

「でも、紘香先輩って、そんなタイプじゃないですし……」

と、ぽつりと漏らす。

「その言い方ぁ、ちょっとトゲあるし〜。けど、紘香っちは媚薬でセックスしまくりってタイプじゃないかも……」

「けど、紘香先輩にもだいぶお譲《ゆず》りしました。遅効性のものに、即効性のものとか。誰かに配ったりとか、してたのでしょうか……」

絵理沙が黙ったところで、目の前のギャルの一人が口を開いた。

「あ、ウチっ、紘香からお薬もらったよ～。先生に使うならあげるって」

「あたしも。それにエッチに迫ったら男なんて、ちょろいとか言ってたし」

「私も、もらったよ。他にも紘香からもらってる子いるんじゃない？」

紘香が媚薬を寮内に配っていたことに、空也は少なからず驚く。

「……媚薬を仕込むなんて、凜々菜だけかと思ったけど」

空也は凜々菜をじっと見ると、彼女は急に視線をそらした。気になった空也は凜々菜を問い詰める。

「なにか知ってるよな、凜々菜？　正直に話さないと、もうエッチなことしないぞ」

「うう……それは、ちょ～困るし。う～ん……アタシも最初は……紘香っちに言われたのかな……空也っち先生が案外、ちょろそうって……」

「で、それだけか？　まだあるだろ？」

空也は取り調べの刑事のようにぐっと身を乗りだして、凜々菜に迫った。

「あ、そんでぇ～、絵理沙がエッチな薬を持ってることも教えてもらって……今、思えば、紘香っちが全部、お膳立てしてた、みたいな？　あはっ♪」

「あは、じゃないだろ……わかってて乗っかってたんだよな、凜々菜……」

空也が非難がましい目で見ると、凜々菜は困ったように笑って見せる。

「うん。けどさぁ、そのことは謝るから、もう許してよぉ……」

凜々菜の顔を見ながら、空也はため息を大きくついた。桃鷺寮に赴任《ふにん》してきた日から、空也を困らせていた一連の出来事になんとか決着がつきそうだ。

（……あとは紘香だけか。あいつ、どうしてこんなことを）

昔からずっと可愛がって義妹に裏切られたようで、空也は少なからずショックを受けるのだった。

第五章　可愛い妹にスパルタ性教育！

翌日、ずっとモヤついた思いを抱えたまま空也は一日過ごした。

夕方、ロビーで紘香を見つけると、彼女の手を無理やり引いて管理人室へ連れていった。

「ちょっと、離して。九頭竜川先生っ、なにすんのよ！」

「二人きりなんだから、そのよそよそしい呼び方やめろよな。とにかく座れって。聞きたいことがあるんだよ」

「私はお兄ちゃんに話すことなんて、なんにもないもの……」

紘香はふてくされた様子で立ったまま、目線さえ合わせてくれない。

「こら、紘香っ」

さすがに頭に来た空也は無言で彼女に迫った。紘香はその勢いに気圧されて、二、三歩、あとずさって壁際まで下がった。

「ちょ、ちょっと……小さい頃とは違うんだから。お兄ちゃんが怒っても、全然、少しも怖くなんてないんだからね……」

さらに後ろへ退こうとした紘香だったが、後方の壁に阻《はば》まれてしまう。

「……あんっ」

そうして壁面に備えつけられた設備に肩が強めに当たった。

「なぁ、紘香。ちょっとだけだから、いいだろ」

埒《らち》が明かないと思った空也は、少しおだやかな口調でそう言う。

「じゃあ、話を聞くだけよ……」

彼女は少しむくれた様子で、おとなしく手近な椅子に座る。空也も紘香に向き直る形で椅子に座ると、話を切りだした。

「で……聞きたいのは、どうして、みんなを焚きつけて俺を誘惑したり、襲わせたりしたんだよ。桃鷺寮に来てから、大変だったんだぞ」

「でも、お兄ちゃん、教師なのよね。多少の誘惑は跳ねのけるのが当然でしょっ」

「いやいや、媚薬まで使われたら無理だろ。初日からムラムラしてたのって、紘香のせいなんじゃないのか？　それに、教師が生徒とエッチなことして、バレたら問題になるだろ。俺を寮から追いだしたいのかよ……」

「……うん、そうかも。お兄ちゃんがこの寮にいるのとかありえないし」

「なんでだよっ、そんなに俺のこと嫌いなのか!?」

空也が強く言うと、紘香は一瞬、黙りこむが、すぐに言い返してきた。

「知らないわよ、そんなこと……だいたい、初日からお風呂覗くような痴漢先生が身内ってだけで最悪でしょ。その理由だけでも、すぐに追いだしたくなるのが当然じゃない!?」

「……うう、まぁ……そう言われるとツラいな」

悪しように言われて、空也は軽く打ちひしがれてしまう。

「でもな、ヒトを陥《おとしい》れるようなことするなよ。昔からわがままだとは思ってたけど、さすがにやりすぎだろ。お前のせいで、あと戻りできないぐらい、生徒とヤリまくっちゃったんだぞ！」

「それはケダモノすぎるお兄ちゃんも悪いのよ。ＪＣは性に飢えた獣だって、初日に私、警告したもん！」

売り言葉に買い言葉で互いの言葉がエスカレートしていく。

（……ん、あれ、今の俺と紘香のやり取り……妙に響いてるっていうか、変な感じで聞こえてくるけど、どうしてだ……？）

気になった空也が紘香の後ろにある壁を見ると、放送設備の見慣れない個所のランプが点灯していた。

「……なぁ、紘香……後ろの変なランプって、まさか……」

「え……な、なに、どうしたの!?」

あわてて振り向いた紘香は、そこで固まってしまう。

目を凝らして放送設備を見ると、ランプの点灯場所は『全館放送』を示していた。

「じゃあ、さっきの妙なエコーは……」

「……うん、ロビーからの放送が聞こえてたんだと思うよ。たぶん、全寮に今の喧嘩、放送しちゃってる……」

紘香はマイクが拾えないほどの小さな声でそう言うと、全館放送のスイッチを切った。

ほどなく騒ぎを聞いて、管理人室に数人の女子寮生がやってくる。真っ先に入ってきたのは凜々菜だ。

「あはっ、いたいた♪　全館放送で急に喧嘩なんて、みんなびっくりしてたよ～」

彼女はいたずらっぽく微笑むと、空也と紘香の顔を交互に見る。

「でも、空也っち先生と紘香っちって兄妹だったんだ。全然、知らなかったなぁ〜。なんで、言ってくれないの？」

凜々菜は面白い玩具を見つけた子供のように、目をキラキラと輝かせて迫ってくる。

「まあ、兄妹って言っても義理だから。両親は違うし……」

空也が面倒くさそうに答えると、そこに凜々菜が食いついてきた。

「んでも、紘香っちは、その義理のお兄ちゃんが好きで、好きで仕方ないんだよね。お兄ちゃんガチ恋だって、寮のみんなが知ってるし」

「え……なんだ、その、お兄ちゃんガチ恋って？　それって、紘香が俺のことを……そ、そうなのか？」

思わず空也は本人に聞いてしまう。

「しっ、知らない。そんなの知らない。事実無根《むこん》よっ！」

「あ〜、しらばっくれるんだぁ、紘香っち。んでも、アタシ以外にも、直接、聞いた子、何人もいるよね？」

集まったギャラリーに凜々菜が聞くと、同意の声があがる。

「だったら、嫌いじゃない俺のこと、どうして追いだそうとするんだよ……」

「あ、そこはアタシらも知りたいかも？」

ほかの女子寮生も興味津々で、紘香をじっと見た。

「そんなの、私にもわかんないからっ。部屋に戻るから、みんな、どいてっ！」

紘香は周囲で状況を見守っていた女子寮生たちを強引に押しのけて、その場から立ち去ろうとする。

「あ……ま、待てって……」

「待つわけないじゃん。バッカじゃないのっ！」

彼女はそのまま空也の制止を振りきって、部屋へ戻ってしまうのだった。

「あ～、怒らせちゃったぁ……」

凜々菜は少し気まずそうに、ペロりと舌を出す。

「でもさ、紘香っちは空也っち先生に絶対マジラブだと思うんだ。先生の話するとき、いつも恋する乙女って顔してるし」

「……そうなのか、全然知らなかった。けど、最後に会ったのは小学生だからな」

「だからさ、こういうときこそ、愛の力じゃん。空也っち先生が行って、話を聞いてあげれば、なんとかなるって」

「愛の力か……なんか、かえって自信なくなってきたな。けど、このままってわけにもいかないしな……」

少し冷静になったところで管理人室を見まわすと、騒ぎで集まってきた女子寮生たちがあちこちで勝手におしゃべりしたり、寛いでいて、遊び場のようになっていた。

「ほら、もう夜も遅いし、早く寝ないと明日に響くぞ、ほらっ」

空也はそう言って、集まってきていたＪＣたちを解散させる。

「あの、空也先生……」

後ろから声を掛けられて振り向くと、そこにいたのは絵理沙だ。先ほど集まった女子寮生の中にいたのだろう。

「また紘香先輩のお部屋に行かれるんですよね。でしたら、使ってください」

彼女が差しだしたのは半透明ポーチで、そこには凜々菜に飲まされた液状のものや、絵理沙や響に使ったクリームタイプのものまでさまざまな媚薬が入っているようだ。

「紘香先輩、案外、強引に迫られたいって思ってるのかもしれませんし。そのときにきっとお役に立つと思いますから。どうぞ」

そう言いながら、絵理沙は強引にポーチを押しつけてきた。

「ま、そうだと、いいけど……」

「先生と先輩のこと、応援しています。おやすみなさい」

絵理沙は丁寧に会釈《えしゃく》すると、

「あ……また、私のこともエッチに可愛がってください。お願い致します」

少し頬を赤らめながら言い置いて、管理人室から立ち去るのだった。

それから空也は残った業務をすぐに終わらせて、そのまま紘香の部屋に向かった。

部屋の前でノックしてみても返事がない。ドアの隙間から光が漏れていて、おそらくまだ起きているようだ。

恐るおそるドアを開けると、部屋の奥で床に座りこんでいた紘香と目が合った。

「あ……」

「なにしに来たの、お兄ちゃん……」

「なにって。さっきのこと、ちゃんと聞こうと思って」

紘香は大きな象のぬいぐるみをぎゅっと抱きしめたまま、涙を浮かべた目でじっとこっちを睨んでくる。目のあたりを赤く腫らしていて、空也が来るまでに散々泣いたらしいことがわかった。

（ん……あのぬいぐるみは、確か……？）

彼女が大切に抱いているそれは空也が昔、プレゼントしたものだ。

「……その象。俺があげたヤツだよな？　懐かしい。大事に持ってくれてるんだな」

「うん、だって象さん、可愛いし、好きだもん……」

空也は紘香に近づくと、そのまま彼女の脇に座った。紘香は象のぬいぐるみを抱いたままで下を向く。

「なのに、俺のこと嫌いなのか？」

間近で尋ねると、紘香は小さな声で、嫌いじゃない、と呟《つぶや》いた。

そうして、紘香はもう少し大きい声で繰り返した。

「嫌いじゃないよ、お兄ちゃんのこと。そんなの全部、ウソ……」

「じゃあ、なんで俺のこと、追いだそうとしたんだよ」

「それは……お兄ちゃんが桃鷺寮に馴染んで、みんなと仲よくなっちゃったら、私だけのお兄ちゃんじゃなくなっちゃうもん」

紘香はぐすぐすとベソをかきながら続けた。

「それでエッチな嫌がらせして、お兄ちゃんを追いだしてやろうって決めたのよ。それで凜々菜を焚きつけたり、媚薬をみんなにいっぱい配ったり――」

話しながら、紘香はついに泣きはじめてしまう。

「えぐ、えぐっ……でも、全部裏目に出ちゃって、お兄ちゃんとみんな、ますます仲よくなって、エッチなことしちゃってるし……えう、えううっ……ぐすんっ……」

「もう、わかったから泣くなって。俺は怒ってないから」

空也は横から紘香を軽く抱きしめると、慰めるように彼女の頭を優しく撫でてやる。

「本当に怒ってない？」

「ああ、怒ってないから。もう落ち着いたか？」

「……うん」

抱きつかれたままで、紘香は顔を真っ赤にする。

「ん、どうしたんだ？　急に赤くなって」

「その……私だって、もう中学三年生だし、身体はもう大人なんだよ。だから、こんなふうにぎゅってされちゃうと……私もその気になっちゃうよ……」

「じゃあ、このままキスしてもいいのか？」

空也は吐息のかかる距離まで唇を近づける。

「……いいよ。けど、大好きなお兄ちゃんとキスしたら、もうあと戻りできなくなっちゃうかも」

「ここまでさせといて、もう我慢できるわけないだろ。んんっ」

そのまま空也は義妹の可憐な唇を奪う。初めは彼女に気遣った控えめな口づけだったが次第に気持ちが抑えられなくなって、情欲を剥きだしのキスへ変わっていく。

ちゅぱちゅぱと上唇や下唇を交互に吸って、さらに紘香の口腔内へ舌を押しこんで、その内奥をぢゅぶぢゅぶとねちっこくかき混ぜていく。

「んぶぅ、あふ、はふぅ……お兄ちゃん、キス激しすぎ。それにエッチで、頭、ぼおっとしてきちゃうよ……こうやって教え子をたぶらかしていったんだ、はぁ、はぁ……」

紘香も空也に負けじと愛らしい濡れ舌を伸ばして、艶かしく絡めてくる。舌同士が軟体動物のように巻きついて淫靡に擦れあうたびに、甘い愉悦が口腔に広がった。

「人聞きの悪いこと、言うなよ。んん、んんっ、まったく黙ってれば、可愛いのに。んぢぅ、ぢぅっ、んぢぅるるっ……」

空也は紘香の口腔に溢れた唾液を大きく啜って、それを嚥下する。今度は逆に自身の唾液をたっぷりベロの上に乗せて、彼女へ流しこんでやった。

「んふ、くふぅ……お兄ちゃんのお汁、いっぱい流しこまれてぇ……ぢう、ぢうう、ぢるるるぅッ、すごくエッチだよぉ……」

彼女もまた惚けきった表情を曝しつつ、なま白い喉を震わせて義兄の唾液を飲み干すのだった。

そうして二人は長い口づけを終えると、ゆっくりと唇を離す。粘った銀色の糸が淫らに糸を引いて宙空で消えた。

しばらく息を乱したまま見つめあっていた二人だが、互いの身体を自然にまさぐりはじめた。

空也は紘香の抱いていたぬいぐるみを脇へ置くと、服越しに少女らしい細身の身体を撫でまわしていく。

彼女はダボダボのTシャツに黒スパッツという、いつもながらのラフな格好だ。彼女の身体を抱いて愛《め》でるたびに、成長期の女の子らしい、柔らかでいながらも、どこか引き締まったしなやかさを感じる。

髪を手で梳いてやるたびに、ほのかなミルクの匂いが漂ってきて、空也の理性は次第に狂わされていく。義妹であることさえ、興奮のスパイスになっていた。紘香もまた好奇心旺盛《おうせい》で性に奔放なJCらしく、積極的に空也の身体をまさぐってきた。

背中への愛撫から、紘香の華奢な手指は胸板を這いまわる。空也も彼女の淫猥な手の動きに触発されて、目の前にある双乳を布地越しに揉みしだいた。

「あ……あふ、んふぅ……お兄ちゃんの、おっぱい触る手つき、いやらしくて……なんだか、え、エッチな気分になってきちゃう……」

育ちはじめた中学生のバストは、掌《たなごころ》にジャストフィットして、柔らかさと硬さの絶妙なハーモニーが空也を妖しく昂らせた。

「もっと乱れてもいいぞ。紘香のいやらしい声も聞きたいな」

「そんな、恥ずかしいよぉ……昔から知ってる、お兄ちゃんの前で、エッチに喘ぐなんてぇ……あん、あんんっ……」

Tシャツの上から胸乳を、スパッツ越しに臀部を愛撫されるたびに、紘香は頬を染めて、表情を甘く蕩けさせながら、嬌声を溢れさせる。

触れている控えめな膨らみが、聞こえてくる妙《たえ》なる喘ぎが中学生の義妹のものだと思うと、空也の気持ちは淫らに燃え盛って、ズボンの中で屹立がさらに力を漲らせた。

「んい、んいい……胸、感じすぎるからぁ……あ、ああ……あああッ……」

Tシャツの上からむにむにと揉みしだいていても、先端のわずかに残ったシコリや勃起しはじめた乳頭の様子がしっかりと手のひらに伝わってくる。

空也は緩急をつけて、紘香の美しい丸みをゆっくりと揉みこねたり、先端にある茱《ぐ》萸《み》のようなぽってりした膨らみをくすぐったりした。

物足りなくなった空也は彼女のTシャツをゆっくりとずりあげると、控えめに盛りあがった裸乳を曝けださせた。

引きあがったTシャツのすぐ下に抜けるように白い双丘が露出して、二つの乳首が愛らしく左右に勃起していた。

男の娘の響や、爆乳美尻の絵理沙と違って、実に女子中学生らしいほのかな膨らみの双丘で、女へと開花する寸前の蕾の可憐さがあった。

紘香の清らかな胸の谷間には、小さなほくろがあって、彼女の乳肌の抜けるような白さをいっそう引き立てていた。

その愛くるしさに打たれて、空也は食い入るように見つめてしまう。そのままむしゃぶりついて、食べてしまいたいほどだ。

空也は荒ぶる淫欲に突き動かされて紘香のTシャツを脱がせると、それを脇にあった象のぬいぐるみの上にかけた。

「……は、裸だと、お兄ちゃん相手でも、やっぱり恥ずかしいよぉ」

紘香は剝きだしの乳脹らを両手で恥ずかしげに覆い隠そうとするが、空也は優しくそれを阻んだ。そうして露になった十代半ばの少女のすべらかな絹肌の肌触りを堪能しながら、ナマの双乳を揉みしだいていく。

均整の取れた優美な丸みがたわみ、引き伸ばされて、艶かしく形を変えていく様は、なにものにも代えがたい魅力があった。

紘香の清らかな乳肌を汚す行為はひどく心地よくて、彼女が大切であるほどにその快さは増した。

空也は悪魔に魅入られてしまったかのように荒々しく彼女のバストを責めて、美しく自己主張する左右の乳嘴をエロティックな音を立てて吸いたてた。

「あ……あん、あんんっ……そんなに激しくされたらぁ、おっぱい、まだ硬くて、敏感なんだからぁ……あひ、ふひぃ……んいいッ……」

成長期の柔乳の敏感さに紘香は身悶えする。彼女の乳首は少女の痛みや苦悶とは裏腹にいっそう大きくそそり勃って、妖しく誘惑してくる。

「けど、もう止まらないぞ」

彼女の初々しい反応は女になりつつあることへの戸惑いのようにも思えて、いっそう空也の獣欲は燃え盛った。

紘香のほのかな膨らみを外側から大きく搾るようにこねまわして、突きでた先端を舐めしゃぶり、吸いたてて、蹂躙《じゆうりん》しつづけた。

「ひう、ひううっ……だ、だめ、だめぇぇ……おっぱい、い、痛くて、気持ちよくてぇ、わけわかんないのぉ……あひ、はひぃ……くひぃんッ！」

強い愛撫のたびに戸惑いながら感じて、紘香は愉悦の頂へ昇っていく。空也は自らの手で義妹のメスの部分を開発し、彼女の女体をより淫らに花開かせつつあることを実感して、無上の興奮を覚えてしまう。

空也は舌を大きく突きだすと、紘香のナマ乳房をねっとりと舐めあげたり、可憐に膨らんだ乳芯を舌の上でねちっこく転がしたり、大きく吸ったりする。そのたびに紘香は上体をくねらせつつ、熱い吐息を切れぎれに零した。

「ん、んん、んふぅ……くふぅッ。エッチに揉んだり、吸ったりしないでぇ……私のバスト、大きくなりはじめたばかりで、まだ触られるのに慣れてないのッ……」

「なのに、そんなにエッチな声出してるのか？」

「だって、声は勝手に出ちゃうから、あ。あんんッ！」

紘香の淫らな喘ぎに昂った空也は、彼女の双丘を執拗に責めたてた。

いやらしく勃起した乳頭を指先で摘みあげてコリコリしたり、引っ張ったり、愛情たっぷりに根元からちゅぱちゅぱと強めに吸いつづける。

膨らみの先に鋭い愉悦が走るたびに、紘香は表情を引き攣らせながら感極まった声を迸らせた。

「んひ、ふひぃ……ちっ、乳首もぉ、感じちゃうから、だめっ、だめぇぇッ……んい、んいぁッ……んいひッ、んいひぃッ、んっいいーッ……」

「でも、自分から胸を突き出して、だんだんよくなってるんじゃないのか？」

「こ、これは違うっ、違うのっ。だ、だめぇ、あ、ああっ……もう、お兄ちゃん、だめって言ってるのに、私のおっぱい、エッチにいじめないでぇ……ひぅ、ひぅんッ……」

悲鳴にも似た叫びは次第に愉悦混じりの喘ぎへ変わっていく。

そうして乳房をねっとりとしゃぶるたびに、柔らかい乳嘴が舌の上でビクビクと小さく震えて、紘香のよがりぶりをダイレクトに伝えてきた。

義妹の反応に空也の情欲は昂り、彼女の双球をねちっこく揉み搾って、敏感に反応する胸乳のサクランボをぢゅぱぢゅぱと左右交互に吸いたててやった。

「んあ、んああッ……言ってるそばからぁ、また、私の胸、いっぱい責めてぇッ……ふい、ふいいッ……んふぃいいッ、んうぃんッ！」

紘香は優しく膨らんだバストをぶるると震わせ、頤を大きくそらしつつ、切なげな喘ぎを零した。

剝きだしの双房は空也に吸われ舐められて、淫らに唾液が塗布《とふ》されて、乳肌が艶かしく濡れ光っていた。尖った乳先からはたっぷりまぶされた唾液が滴って、生々しい糸を引いた。

「はぁ、はぁはぁ……お兄ちゃん、私の小さなおっぱい、めちゃくちゃにしてぇ、ロリコンすぎだってば」

「それだったら、紘香は自分が子供だって認めることになるぞ」

「こ、子供じゃないもん、私。中三で、最上級生で、生徒会長もやってるんだから。昔とは違うんだからぁ、あん、あんんッ。またぁ、乳首ぃ、そこは敏感だからぁ……おっぱいばっかり、らめぇッ……んうッ、んぅぅんッ……」

「じゃあ、こっちにするか」

空也は紘香の胸元から口を離すと、彼女の惚けきった顔を見つめながら、その股間へ手を這わせる。

「あうう、そっ、そういう意味じゃないからぁ……あひ、ふひぃ……」

すでにスパッツの内側はぐしょ濡れで、指先で股座を撫であげられるとそこに溜まった蜜液がじんわりと染みだして、股間に染みを広げていく。

「いや、いやっ……お汁、溢れちゃうッ……」

紘香は顔を横に振りながら、身悶えする。必死に両腿を閉じようとするが、空也の手で開脚させられてしまう。

そのまま黒スパッツの股根をねちっこく刺激されつづけた。

最初は両腿に力を入れて、必死に耐えていた紘香だったが、空也のねちっこい愛撫に延々と曝されているうちに、身も心も蕩けてしまったのだろう。彼女は自ら股を開いて、逆にその中心を空也の手に積極的に擦りつけて、ハァハァといやらしく喘ぐ。乱れた熱い吐息が、幾度も空也の首筋を嬲った。

紘香は熱く濡れた双眸で物欲しげに見つめてきた。機が熟したと悟った空也は彼女のスパッツに手をかけて引き下ろしにかかった。紘香もかすかにヒップを浮かせて、脱がせられることを望んだ。

「このまま脱がすぞ」

「うん……お、お願い。あそこがびしょびしょで、もう我慢できないの……」

スパッツがずり下ろされると、やがてなま白い尻丘が露出し、ラベンダー色のショーツが顔を覗かせた。淡い色と濃い色の花柄が混ざった清楚《せいそ》な印象のもので、優等生の紘香らしい。

だが長い時間、秘部をじっくりと愛撫されたこともあって、クロッチからは多量の愛液が滲みだして、脱げたスパッツの内へ幾本もの淫猥な糸を引いていた。

そうして脱がした瞬間、むわっと噎せかえるようなメスの香りが立ちのぼってくる。それが目の前の年端《としは》もいかない義妹の股座から漂ってきていると思うと、空也は言い様のない激しい劣情に突き動かされて、その衝動のままに紘香のショーツもスパッツもいっしょに脱がしてしまう。

「あんっ……ぜ、全部、脱がされちゃって……あう、あうう……」

紘香は生まれたままの姿にされて、恥ずかしさにぶるると内腿を震わせる。下半身を覆うものをすべて取られて、彼女の美脚が白日の下に曝された。

すらりと伸びた足先に、引き締まった脹らはぎや太腿と見ていて惚れぼれとする。

空也は剝きだしになった紘香の双尻から脚全体をねっとりと撫でまわしながら、彼女の緊張を解《ほぐ》していく。

「……その……私、初めてだから……」

少し強気だった紘香が弱々しく呟く。

「じゃあ、ゆっくりするから。ほら、力を抜いて」

「……うん。お兄ちゃんとせ、セックスするなら、怖くないから」

空也の手で股間を拡げられながら、紘香は顔を真っ赤に染める。下腹部から膣溝まで白磁のような艶やかな肌色が広がって、そこに淡い下草がほんのりと生えていた。

空也の手指が彼女の叢《くさむら》をそっと梳くと、紘香は羞恥のあまりに下肢を強張らせる。

その秘洞はぐっしょりと濡れて、姫孔から可憐にはみだした肉襞はヒクっヒクっとなにかを恐れるように断続的な震えを見せた。

露出したあでやかなサーモンピンクの膣粘膜の奥からはラブジュースがとめどなく

溢れだして、その瑞々しい果汁が花弁全体を淫靡に濡れ輝かせていた。

「あんんっ……あんまり、ジロジロ見ないでよぉ。は、恥ずかしいからぁ……」

紘香は身体を前へくの字に曲げて羞恥に耐えていた。空也は彼女の股をさらに大きく開かせると内奥を覗きこむ。濡れた膣内に薄桃色の濡れた肉壁らしきものが見えた。

「これ、もしかして、紘香の処女膜なのか」

そのまま膣壺の奥へ指を差しこんで、ぐにぐにと薄膜を撫であげる。

「え……あ、いや、いやぁッ……なにしてるのよ、お兄ちゃんっ。変なとこ触らないでぇ……バカぁ、バカバカバカぁ、ああッ、あああッ……あーッ！」

軽く秘膜を指で刺激するだけで、紘香はあられもない声を発して、ビクビクと女体を震わせて、軽く果ててしまうのだった。

「ぜぇはぁ、はぁ……あひ、ふひぃ……そこ感じやすいからぁ……ふいッ、ふいぃッ、んいいーッ……」

「おま×こがいやらしく動いて、俺の指に吸いついてくるぞ」

「あひ、はひぃ……だってぇ、そこ感じる……か、感じちゃうからぁ……おま×この浅いところ、そんなに混ぜまぜされたら、オチ×ポ欲しくなっちゃう。まだバージンなのにぃ、お兄ちゃんが欲しくて、たまらないのぉ……」

蕩けきった表情のままで義妹は空也に縋《すが》りついてきた。

「それじゃあ、このまま紘香の初めてをもらうからな」

空也は硬くそり返った怒張を取りだすと、座ったままで紘香と向きあう。そのまま彼女を自分の腰に跨らせて、亀頭をその姫孔へあてがった。

「んひ、ふひぃ、ふいいッ……お兄ちゃんのオチ×ポ、入り口に、あ、当たってぇ……」

「ほら、このまま俺に抱きついていいから。ゆっくりいくぞ」

「う、うん……あそこがぐいいって拡げられてぇ……んあ、んあああッ……」

そうして対面座位の格好で、紘香の柔腰を抱きながら処女膣へ幹竿を少しずつ潜らせていった。

「んい、んいい、お兄ちゃんのが入ってきて……ぐぅ、ぐぅぅッ……」

あれだけ濡れて入れやすそうに見えても、やはり処女の秘壺だ。引き締まった媚肉がきつく絡んできて、気を抜くと吐精してしまいそうになる。

「もう少し奥に入れるぞ。んんんっ」

空也はさらに肉棒を膣奥へ進めていくと、穂先が膣内の薄膜らしきものに行き当たった。力を少しずつこめていくと、義妹のバージンそのものが薄く引き伸ばされていくのがわかった。

「お兄ちゃんの硬くて、熱いのっ、中でか、感じる……あぐ、あぐぐぅ……」

「あと少しの辛抱だ。このままいくぞ。んんんッ！」

「ひぐ、ひぎぐぅッ……い、痛いぃぃ……んぐぅぅ……」

空也はそのままひといきに義妹の処女膜を貫いて、膣奥まで剛棒で満たしてやった。

「これで終わったぞ。あとは痛みが引くまで、このまま少し休むか」

紘香は息を乱しながらも、満足そうな笑みを浮かべる。

「うん。これで、私もお兄ちゃんを受けいれられたんだ。ずっと、この瞬間を望んでたのかも……今も、おま×この中にオチ×ポが感じられて、うれしい……」

彼女の蜜壺は破瓜直後にもかかわらず、淫らに蠢いて屹立を締めつけてくる。

（じっとしてるだけなのに、だ、出してしまいそうだな。くううっ）

空也は身体の奥から湧き起こってくる射精欲求を押し殺しながら、抱えた紘香の裸身をぎゅっと抱きしめる。そうして首筋や頬にキスしたり、ときには唇同士を絡めて、唾液の交換を楽しんだ。

やがて痛みが引いてきたのだろう。紘香は自ら下腹部を軽く揺さぶって、雄根のピストンを求めてくる。

紘香の艶腰が前後左右に小さく動くたびに、結合部からは内奥に溜まった愛液がどぷどぷと溢れた。

「んうっ、くううっ……紘香、もういいのか？」

「あ……うん、だっ、大丈夫……」

紘香は全身で暴れる羞恥のあまりに、視線を空也からそらした。だが溢れる快楽への欲求には抗しきれないようだ。

「あ、ああ……恥ずかしいけど、我慢できないよぉ」

彼女は空也の肩にしがみつくようにして身体をゆっくりと上下させて、義兄のペニスを貪欲に喰らいはじめた。

「もっと、動いてもいいぞ。紘香の乱れる姿、見せてくれよっ」

空也も義妹の動きに合わせて雄槍を突きあげながら、彼女の耳元でさらに煽るように囁く。

「他の子もエッチだったけど、俺は紘香のいやらしいところがもっと見たいんだ」

「そんな意地悪、言わないで。お兄ちゃんの上に跨ってるだけで、は、恥ずかしくて、おかしくなりそうなのにぃ。んい、んいいッ……」

紘香は満面を朱に染めながらも、空也の首の後ろへ手を回して、そこにぶら下がるような格好で大きく下腹部をぶつけてくる。

「あひ、はひぃ……んいいッ……初めてのセックスなのに、自分から腰、振っちゃってぇ、オチ×ポのおねだりしてるみたいで、恥ずかしいのぉ……」

彼女は裸身を跳ね躍らせて、淫らに上下するたびに、空也の剛直はきつく締まった処女膣でしごかれて、その心地よさと吸いつきに射精欲求が高められていく。

「それがいいんだろっ。そらそらっ、もっと激しく動いて、よくなれよ。このまま中に出してやるからっ」

空也も紘香の求めに応えるように、彼女の蜜壺をズチュズチュとリズミカルにかき混ぜる。ドロドロに濡れたペニスが肉襞を押し拡げて、ぐちゅぐちゅと粘水音を響かせながら、荒々しく出入りを繰り返した。

空也は屹立で膣内を探って、彼女の性感帯を探しあてると、そこを集中的に責めたてた。

「んい、ふひぃ……そこ、ごりごりされたらぁ、ち、力が入らなくなってぇ、ふい、ふいい、んひぃッ……」

「ここがよさそうだな。んん、んんッ」

「ひん、ひんっ、ひぃんッ……そこは特別に感じやすいからぁ、らめ、らめぇ、いっぱい突かないでぇ……あひ、ふひぃっ……いっぱい、気持ちよくなっちゃうぅ……」

ぶら下がったままGスポットを抉られるたびに、背すじを湾曲させながら喉奥から嬌声を発した。腰の動きがさらに速くなって、緩みきった口の端からは涎が零れて首筋へ伝い落ちる。ぜぇはぁと息づかいは荒くなり、ときおり、ぶるると女体を戦慄かせた。

紘香の絶頂が近いのは明らかだ。

「い、イグぅ……私、このまま、あ、アクメっちゃうっ、処女セックスで、お兄ちゃんに気持ちよくさせられちゃうのぉーッ、あひぃ、くひぃ、んっいいぃぃ……」

彼女は空也にぎゅっと抱きついたままで、法悦の極みへと飛翔していく。

「んう、んううッ！　このまま気持ちよくしてやるからなっ」

「うん、お願い。あ、あっ、ああっ、お兄ちゃんのオチ×ポにいっぱいズボズボされてぇ……いいッ、いいのぉ、気持ちいいのぉーッ……」

果てつつある紘香の秘筒は、空也から精を引き抜こうと激しく蠢いた。

細やかな膣襞のひとつひとつが意思を持ったかのようにうねうねと絡んで、鈴口や張りだしの内側、そして裏筋といったオスの鋭敏な箇所を集中的に責めたててくる。

しなやかな十代半ばの膣はメスの本能のままに艶かしく収縮して、自発的に義兄の生殖汁を欲していた。

空也は蜜洞の強烈なバキューム責めに耐えつつ、腰を大きく跳ねあげさせた。陰囊がきゅっと引きあがり、睾丸内でさらに多量の子種が生産される。そうして今まさに、射出のときを待っていた。

後続の煮え滾った精液に後ろから押されて、先走り液がどぷどぷと溢れた。それさえも潤滑油にして膣粘膜が摩擦熱で溶けてしまいそうなほど、荒々しく義妹の秘腔を混ぜこねつづけた。

「くう、くううっ……紘香、このままイケっ。中にたっぷりと出してやるから！」

「うんっ、イグ、イグぅッ……私ぃ、お兄ちゃんの逞しいオチ×ポでアグメっちゃうのぉ――ッ……」

「そらそらそらっ！　そらぁあああぁ――ッ‼」

空也は膣のホットスポットを荒々しく擦りたてて、彼女を一気に歓喜の頂へと追いこんだ。

「ふひぃ、くひぃんッ……す、好きぃ、好き好き好きぃ……お兄ちゃん、大好きぃッ。お兄ちゃんも、お兄ちゃんのオチ×ポも、ぜんぶ、ぜ〜んぶっ、私のものだからッ！誰にも渡さないからぁあああぁ――ッ！」

紘香は空也の胸板に抱きついたままで、両脚を彼の腰にぎゅっと回した状態で、美しい裸体をビクビクと戦慄かせつつ、悦楽の彼方へと飛ばされたのだった。

「いっ、いっはぁあああぁ――ッ!!」

「んうううッ、そらっ、受け取れっ!」

空也は精嚢を引き攣らせて、夥しい量の白濁粘液を義妹の膣底へ叩きこむのだった。

「……あう、あううっ、せーし、出してもらってぇ……私、幸せなのぉ……あはっ、あはぁぁ……あふぁぁ………」

溢れた粘濁液は一気に子宮にまで流れこんで、処女膣を内側から乳白色の粘汁で真っ白に染めてしまう。紘香は空也にぎゅっと抱きついたまま顔を上げて、蕩けきったアへ顔を向けてきた。彼女の乱れた姿に激しく昂った空也は、さらに腰を使いつづけた。

「ん、んんっ……紘香のおま×こ、いっぱいぎゅっぎゅしてきて、いやらしすぎだぞ。また、だ、出すぞっ。くうッ、くううッ」

空也は呻きとともに屹立を律動させて、さらにびゅぐびゅぐと夥しい量の粘濁液を放った。

「あひぃ、ふひぃぃ、お兄ちゃん、また奥に来てぇ、あえ、あええ……もっと、いっぱい出して、出してぇ……」

紘香は中出しの悦楽に耽溺しきっていて、腰をねちっこく揺さぶってさらなる吐精を促してくるのだった。

「こら、そんなに焦らすなって」

「その……繋がってるだけでぇ、はぁはぁ、お兄ちゃんのザーメン、もっと欲しくなっちゃって……歯止めが効かないの……」

紘香は初セックスの悦楽のあまりに、強烈な繁殖欲に駆られているのだろう。空也の子種を欲して、淫らに下腹部を前後左右に小刻みに揺さぶりつづける。交合部からは、今撃ちこんだばかりの粘汁が零れつづけていた。

そんな紘香を抱きしめたまま頭を優しく撫でて、荒ぶるメスの本能を慰めてやるが、やっぱり身体の火照りは収まらないようだ。

空也をじっと見つめる瞳の奥には、情欲の炎が燃え盛っていて、さらなる交尾とナマ出しを求めていた。

「ね、お兄ちゃん。安全な日だし、妊娠とか、たぶんしないからぁ」

空也も教育者であるよりも前に、一匹のオスだ。若くて子作りに適したメスから強く求められて、いつまでも我慢できる自信はない。

「だ、だいたいっ、お兄ちゃんがこんなエッチなセックス、私にするから、バージン奪っちゃうからよくないのよ。責任とってちゃんと最後まで、私が満足するまでセックスして。いっぱい犯して、ナマ種付けしてよぉッ！」

「よし、そこまで言うんだったら……紘香のこと、めちゃくちゃにしてやるからな。覚悟しろよっ！」

空也は義妹のおねだりに押しきられて、彼女を抱えたまま再びケダモノの如く下腹部をぶつけはじめたのだった。

＊

その夜、紘香と空也の兄妹同士の睦《むつ》みあいは終わることなく続いた。

日付が変わった頃に二人はシャワーを浴びて、昔いっしょにお風呂に入った思い出話をしながら、ぬるぬるのボディソープで洗いっこするのだった。

その際に紘香は自分から、

「お兄ちゃんに悪いことしちゃったから、お詫びになんでも言うこと聞くよ」

と、申し出たのだった。

そのときの空也のうれしそうな顔を見て、少し後悔したがもう遅かった。紘香は義兄の求める格好——中等部の制服姿でエッチすることになってしまったのだ。

（……でも、お兄ちゃん。教師のくせにウチの制服でセックスしたいだなんて、ロリコンのド変態確定だよね）

やがて着替えを済ませた紘香は、空也の前に出る。

紘香からすれば、ブレザーにタータンチェックのミニスカというなんの変哲もない制服姿だ。さらに空也の希望でストッキングを履いていた。

「これで、いいの……？」

日常使いしている制服だったが、真夜中に自室、しかも腰にバスタオルを巻いただけの兄の前で着用していると、ひどくいけないことをしている気分になる。

「うん、やっぱりよく似合ってるよな」

ぶしつけな視線でストッキングに包まれた脚をジロジロと見られて、思わずミニスカの裾を押さえた。

「うう、お兄ちゃん。教師なのに女子中学生の制服姿に欲情しちゃうなんて、ちょっとヤバいんじゃない？」

「ヤバいとか言うなって」

空也は立ちあがると、そのまま紘香に近づいてくる。

「でも、この制服ってお兄ちゃんの勤務先の中等部のものなんだよ。つまり教師として、生徒に興奮しちゃってるってことだよね。変態ってレベル超えて、性犯罪者感全開っていうか……わ、私の中でお兄ちゃんはもっと格好よくて、優しくて……とにかく、違うんだもん」

間近に迫った空也の存在を感じながら、紘香は頬を高潮させながら脇を向いた。

「けど、俺の変態っぽい行為で興奮してるのは、誰なんだ？」

そう言われて、紘香は図星を指された気がした。空也の欲望剝きだしの視線を浴びせられて、言い様もなく昂ってしまっているのは事実だ。

「俺だって、紘香がこんなにドスケベになってるなんて思わんなかったからな」

そう意地悪そうに言いながら、空也の手がミニスカの上を這いずりまわった。薄いスカート生地越しに左の臀球の頂点から裾野へ円を描くように撫でまわしてくる。

「そういうこと言うから、いっ、いやなのっ！　スカートの上から、お尻ぃ、エッチに触らないでぇ……あふ、くふぅっ……んんんっ……」

空也は黙ったままで右の尻たぶも同様に、頂から麓へとねっとりと撫でてきた。

（……そんなにいやらしい手つきで、いっぱい撫でなでされたらぁ、あそこがきゅうきゅうって疼いて、ますます汚されたくなっちゃう……）

紘香は内腿をもじもじと擦りあわせながら、義兄の痴漢行為に甘美な悦びを覚えてしまっていた。

（こんなこと外で知らないヒトされたら、絶対許さないのに。お兄ちゃんになら、もっとされたい、あ、ああッ……もっと辱められたいの……）

空也の手はすぐさまスカートの下に潜りこんできた。

「あ、ダメ……あふぅ、くふんっ……いやらしいとこ、手が這いずりまわって……」

ダメと言いながら、ストッキングに包まれた双尻の張りだしや股間、そして内腿が義兄の手指に凌辱されるのに身を任せる。

下半身を包むのは薄いストッキング生地のみで、空也の愛撫が直接、秘所に伝わってくる。その刺激の大きさに、紘香は臀部を左右に振り乱して、身悶えした。乱れた呼吸とともに、唇から艶美な喘ぎが零れた。

（やっぱり、汚れるとか気にしないで、ショーツ履いておけばよかった。ストッキングの上でお兄ちゃんの手が動いてるの、全部、伝わってきて……）

淫裂の奥から蜜が滲んで、ストッキングの股部を濡らした。

「ん……これは？」

指先が濡れたことに気づいたのだろう。空也はじっと紘香を見つめてくる。

「紘香。ストッキングの下、なんにも履いてないのか。ノーパンストッキングで制服着て、俺にわからないとでも思ったのか？　それともバレて、こうやって辱められたかったのかよ」

「……これは、ち、違うの。すぐに脱ぐつもりだったから、あん、あんんっ、ストッキングのお股ぁ、いっぱいぐちゅぐちゅしないでぇ……あうッ、あううんッ……」

空也の手に股間を揉みこまれて、膣口を浅くかき混ぜられる。内奥から蜜液がとめどなく溢れて、ストッキングの股間をびしょびしょに濡らした。

「ノーパンだと股のあたりの柔らかくて湿った感じが、ダイレクトに指先に伝わってくるぞ。こんなにびしょ濡れにして、よがりやがって。痴女丸出しだよな」

「はぁ、はぁはぁ……んい、ふひぃ、お股くちゅくちゅしながらぁ、そんなこと言わないで……はひ、はひぃ、恥ずかしいよぉ……あふぅ、くふぅぅ……」

彼の指責めに翻弄されて、紘香はされるがままになっていた。空也にぎゅっとしがみつきながら股座をまさぐられて、淫らな声で鳴きつづける。そうしてぐったりとなったところで、空也は愛撫を止めた。

「あふ、はふぅ……はぁ、はぁはぁ……」

一息ついた紘香はぐったりして、空也のほうを見た。彼は小瓶に入ったなにかを含むと、そのまま口移しで紘香に飲ませてきた。

「んんっ、んんんっ」

「あふぅ……なによ、これっ。んうっ、んくんく、んくぅ……ぷはぁ……っ……」

「絵理沙からもらった媚薬だよ。効果は知ってるよな」

「うう、知ってるけど……ただでさえ、今エッチな気分なのに、こんなの飲んだらぁ、いやらしさに歯止めが効かなくなっちゃうかも……」

媚薬が胃の腑に落ちてほどなく、身体の芯が熱く蕩けてくるのがわかった。膣奥がうねうねと蠢いて、ペニスが欲しくてたまらない状態だ。

「ね、もしかして、お兄ちゃんも飲んだの……」

「もちろん。紘香をめちゃくちゃにしてやるって、言っただろ」

「い、言ったけど……薬を使うなんて、聞いてないからぁ……あう、あうぁぁ……」

「そうだけど……くううッ、俺も薬が効いてきて、我慢できなくなってきたからな」

空也がバスタオルを落とすと、下腹を叩かんばかりに隆々とそり返った幹竿が現れた。亀頭のエラがキツく張って、胴部には血管が浮きだしていた。凶悪な剛槍を目の当たりにして、紘香は言葉を失ってしまう。

（……あんなに大きくなって。媚薬のせいかな。さっきより断然、すごい……こんなに敏感になっちゃったおま×こ、アレで犯されちゃうんだ……）

空也に身体の向きを変えられて、そのまま壁へ手をつくように促される。そのまま紘香は立ちバックの体勢を取らされるのだった。

「あん、お兄ちゃん、制服のままでこんな格好、恥ずかしいよ……」

「でも、紘香は恥ずかしいほうが興奮するんだよな。あそこもびしょ濡れだしな」

「……あそこが濡れてるのは、お兄ちゃんがたくさん弄ったから……」

スカートを捲りあげられて、ストッキングでぴっちりと包まれた丸尻を露にされる。空也は小ぶりで引き締まった女子中学生らしいヒップを空也は撫でまわして、最後に跪くと股間に顔を突っこんできた。

「ふひぃッ、お、お兄ちゃんっ……なにしてるのよぉ、あう、あううッ……」

薄布越しに秘部へ義兄の鼻面を押しつけられて、紘香は戸惑いの声をあげてしまう。だが勢いに乗った空也はそんな訴えを無視して、ストッキング越しに股座を舐め、吸いたてて、その甘美な味わいを堪能していた。

「そんな変態みたいに、あそこ、な、舐めないでぇ……くぅッ……くぅぅッ……」

ストッキングでラッピングされた股間をしゃぶられて、ときにはむはむと甘咥えされて、全身で荒れ狂う羞恥の凄まじさに紘香の頭は真っ白になってしまう。

ノーパンのため、薄く延びた生地のすぐ向こうには蕩けきったクレヴァスが覗いて、そこに濡れた舌先が這いずりまわるのがわかった。まるで軟体動物に大事な場所を蹂躙されているようで、顔から火が出そうだ。

（……けど、私、感じちゃって。こんなにいやらしいことされてるのに、もっと、もっと続けてほしくなっちゃってる。どうして、こんな女の子じゃなかったのに）

紘香は劣情の昂りのままに、空也の口腔や舌根でもっと辱められたいとばかりに、下腹部を彼の顔面に強く押しつけた。

股根は唾液と愛液の泥濘《でぃねい》でぬかるんで、淫らに混ざった液が滴り落ちる。

そうして兄妹はノーパンストッキングのもたらす愉悦にしばし耽溺した。

やがて紘香の秘処を薄布越しに堪能した空也は、立ちあがるとストッキングに指先を潜りこませて、力強く引っ張った。

「だ、だめぇ……破いちゃ……ああ、あああぁーッ！」

制止の声もむなしく空也は力強くストッキングを破っていく。布地の裂ける鈍い音とともに、大きく破れ目が口を開けてなま白い尻肌が露になった。

残ったストッキング生地は太腿やヒップの端にぴっちり張りついたままで、剝きだしになった柔肉の膨らみが生々しく強調される。

「じっとしてるんだぞ、紘香」

「でも、こんなの恥ずかしくて……んひ、ふひぃ……んっいいぃ……」

妖しく裂けたストッキングからは尻の切れこみから股部までが生々しく露出していて、空也はそこへ粘ったクリームを塗りつけていく。

「なに、これぇ……も、もしかして……ああ、あああッ……」

それが塗布された場所が焼けつくように熱く、敏感になっていく。すぐに強力な媚薬の一種だとわかった。

「んう、んううッ……あそこがじんじんしてぇ、どうしようもなく感じちゃう……」

膣溝の折り重なった襞や、膣粘膜にもたっぷりと塗られて、そのまま恥丘や尻の狭隘にも媚薬クリームを塗りつけられる。同時に蕩けるような愉悦が広がっていき、それは下腹部全体を熱く蕩けさせた。

「また紘香のおま×こ、たっぷりと味わわせてもらうぞ」

空也はそう言いながら、聳え勃った雄根にもクリームをたっぷり塗りつけていく。

「えええぇッ!? そ、それぇ……入れちゃうのっ。だって、まだオチ×ポの先にお薬、いっぱいついてるし……」

「当たり前だろ。これで紘香のこと、思いきり感じさせてやるからな。それじゃあ、いくぞっ！」

「そ、そんなっ……それ入れられたら、奥まで媚薬まみれに──あああぁーッ！」

媚薬まみれの怒張を一気に膣奥に突きこまれたかと思うと、すぐさま内奥をじゅぶじゅぶと攪拌されていく。秘壺の隅々にまで薬が塗りたくられて、膣粘膜の感度が飛躍的に跳ねあがった。

「んい、ふいいッ、くひぃッ……ピストンのたびに、おま×こ感じやすくなって、お兄ちゃん、こんなの反則すぎだってば……んひ、んひぃ、んっいいーッ！」

「くうっ、くううっ、俺も媚薬で感じて、気を抜いたらすぐに暴発しちまいそうだし、条件はいっしょだからな」

空也もつらそうな声を出すが、腰づかいはさらに速くなっていく。膣の内側が激しく混ぜこねられて、溢れた蜜汁が雁首のエラでかきだされた。

一方、切っ先に絡んだ媚薬は子宮口にまで、しっかりと塗りこめられて、下腹部全体が甘い疼きに襲われつつあった。

「でも、あひ、はひぃ、んひぃんッ！　奥まで媚薬まみれで、おま×こ感じすぎてぇ、お、おかしくなっちゃいそうッ！　んあ、んああッ！」

膣奥を突かれ、抉られるたびに、快感の波が背すじを幾度も貫いて、脳内で弾けた。頭の中は愉悦に蕩けきって靄がかかったようだ。まとまりのない思考のままで、紘香は必死に義兄に懇願《こんがん》する。

「ねえ、お兄ちゃんっ。ちょっとは手加減してぇッ。セックスしたいってオチ×ポおねだりしたのは私だけど、こんなにめちゃくちゃにされたら、頭おかしくなっちゃう、ひぐ、ひぐぅぅ、あっぐぅぅーッ！」

「手加減なんて、今さら無理だからな。いったん気持ちに火がついちまったら、もう止められないだろっ」

空也は聞く耳を持たず、紘香の膣孔を荒々しくシェイクしつづけた。

「ね、お兄ちゃん、やっぱりちょっと怒ってる？　私が意地悪いっぱいしたからっ!?　それとも媚薬使って、みんなにエッチな誘惑させたから!?　あひ、はひぃッ！」

「いや、怒ってないから、安心しろ。俺が可愛い妹に怒ったりするわけないだろ。ただ、昔からのわがままはちょっと教育してやらないといけないと思ってな！」

明らかにウソなのは、紘香にはわかった。昔から空也は少し怒ると、感情の籠《こも》らない話し方をする。ちょうど今のような感じだ。

「……なっ、なにそれ。いや、いやぁッ、もう謝るからぁ、ごめんなさいするからぁ、お兄ちゃん、許してぇッ！　ひう、ひううッ！」

「でも、ここでやめたら教育にならないからな。俺、保健体育科の教師だから、いっしょに性教育もしてやるよっ！　大人を舐めたらどうなるか、んう、んううッ、しっかりおま×こに指導してやるっ！」

膣内を往復運動する怒張のストロークが次第に大きくなっていく。屹立が外れる寸前まで引き抜かれたかと思うと、内奥まで一気に刺突してきた。

「そんな、ひぉ、ひおおッ、お兄ちゃんのぶっといオチ×ポっ、奥にごりごり当たってぇ、私、実地で性教育されひゃってるッ！」

淫らな粘水音が響き、結合部が抽送の激しさで白く泡立つ。ぐちゅぐちゅと膣奥をシェイクされつづけて、紘香は背すじをのけ反らせて悶えつづけた。

膣全体を溶かされるような愉悦を少しずつ受けとめられるようになって、逆に紘香はそれを積極的に貪りはじめた。

「あひ、ふひぃ、んいいッ……び、媚薬でセックスぅ、だんだんよくなってきてぇ……これぇ、クセになるぅ。んい、んいいッ……いい、いいのぉ、気持ちよすぎなのぉ、ああッ、あああッ！」

立ちバックで引き裂かれたストッキングのまま、紘香は尻たぶを大きく振りたてて空也のペニスを膣粘膜で締めつけて、射精を促しつづけた。

そんな責めに応じて太幹はビクビクと律動して、それがますます紘香を昂らせる。

紘香は義兄との淫猥な交尾の末に、己《おのれ》を鎧《よろ》っていた乙女の皮を脱ぎ捨てて、一匹の美しい性の獣となって乱れつづけた。

「紘香。なんか様子が変わってきてないか。んう、んううッ！」

「だ、だってぇ、お兄ちゃんが媚薬でエッチに責めてくるからぁ、私、変なところにスイッチ入っちゃって……ひぐ、ひぐぅ、ひうんッ……」

紘香は大きく腰を前後させて、彼の剛直をケダモノのように求めてしまう。

「もっといっぱい責めてぇ、私、悪い子だからぁ、お兄ちゃんのオチ×ポでいっぱいお仕置きされないと、わからないもんっ！　ひぅ、ひぅんッ、ひっううーッ……」

「だったら、しっかりとチ×ポで指導してやるからなッ、んんッ！　はぁはぁ、紘香の中、いやらしく吸いついてきて、ザーメン欲しがりすぎだろっ。くううっ……」

硬い切っ先が幾度も膣底に当たって子宮が甘く揺さぶられるたびに、ふだんは意識もしない場所を愉悦の波動が貫いて、下腹部にぽっかりと広がった空間を自覚する。

蕩けるような悦びとともに、紘香は自分がメスであることを悟らされた。

「そらっ、これでどうだっ！　イケっ、イケぇッ、イっちまえぇぇ――ッ！」

空也は子宮口をしっかりとほぐして、そこへずぶぶぶと亀頭先をぐっと押しこんだ。子宮を大きくへしゃげさせながら、紘香は至悦の高みへと近づいていく。

「イグぅ、イグイグイグぅぅ、もうイっぢゃうぅぅぅ――ッ、大好きなお兄ちゃんにッ、いっぱいオチ×ポで教育的指導されてぇ、アグメっちゃうぅぅぅッ……」

「紘香っ、このまま一番、奥で出すぞっ」

「う、うんっ……き、きてぇッ。お兄ちゃんの精液、中にいっぱい出してぇ、いっしょに気持ちよくなってぇッ……」

「それじゃ、いっ、いくぞッ。うおおおおぉ――ッ!!」

空也は咆哮《ほうこう》とともに義妹への思いのたけを彼女の姫壺の底へ解き放った。いきりがビクビクと脈動して、白いマグマが大量に噴きあがり、それは紘香の膣粘膜を、そして子宮内を白く焼きつくしていった。

「あひ、あひぃぃ……熱くて、濃いいザーメンいっぱい来てぇ……おっ、お兄ちゃんを感じながらぁ……イグっ、イグぅぅッ……あひぁッ、あっひぃいいぃぃ――ッ!!」

紘香は中出し射精の嵐で、女性器のすべてを焼かれながら、最愛の義兄と同時にエクスタシーの極点に到達するのだった。

繋がったまま、ぶるると小ぶりの美尻を揺さぶると、交合部から愛汁がとめどなく溢れて、あたりへ撒き散らされる。

「……はうう、い、いっしょにお兄ちゃんとアクメっひゃったぁ……あえ、あえぇ……」

室内には花開いたばかりの初々しいメスらしい、ほんのりとエロティックな香が漂う。そんななかで、さらに追加の白濁を膣奥にびしゃびしゃ、びしゃりと、叩きつけられた。痺れるような快美が下腹部に広がっていく。

「ひうッ、ひうぁッ……また奥にぃ、お兄ちゃん、いっぱい出されてぇ……ふひぃ、くひッ、んいいいッ……」

「まだまだッ、たっぷり出してやるからなッ！　んんんんんん――ッ!!」

空也は腰を強く押しつけて、紘香の尻たぶを平たく押しつぶしながら、切っ先を奥で小刻みに振動させる。

砲口から粘弾が、どぷるっ、どぷるるっ、どぶるるるっと、緩んだ子宮口の奥へ多量に放たれて、そのまま白濁の塊は子宮内で大きく跳ねて、子宮内膜を白くコーティングしていく。それに刺激された卵巣が妖しく蠢いて、卵子を子宮へ降ろしていく。

女の生殖本能が子づくりの準備を始めるのが、紘香にも自覚できた。

「あううッ……あ、赤ちゃんのお部屋にザーメンの塊、たくさんヒットしひゃってえ……あ、安全日なのにで、できちゃうかもっ……」

「そらっ、このまま孕んじまえっ。んううぅぅーッ！」

空也はさらにありったけの精を切っ先から噴きあげて、内奥に注ぎこんだ。

「すっ、するぅッ、妊娠するーッ！　お兄ちゃんの子供っ、孕んじゃううぅぅーッ!!」

孕み汁の熱と質量に翻弄されて、あっという間に紘香は喜悦の高みへと押しあげられていく。

「またぁ、気持ちよくなってトブぅ、とんじゃううぅぅ……ひっあぁあぁあぁ――ッ!!」

下腹部で義兄の全存在を感じながら、エクスタシーの多幸感に大きく呑まれる。終わりなきアクメが延々と紘香を襲いつづけた。

「……もう……らっ、らめぇぇ…………」

ビクビクと控えめなバストの円球を打ち震わせて、背すじをこれ以上ないほど艶かしくそらしつつ、幾度も果てつづけた。

そうして達するたびにメスの淫気をあたりに発散させるのだった。

ほのかに匂いたつ紘香の蠱惑的な魅力に引きずられて、空也はさらに濃厚な子種を放ちつづけた。

数えきれないほどの小さな絶頂が、紘香をオルガスムスの極限へ追いやっていく。

「あぅ、あぅぅ……あぅぁ……ぁぁ…………」

口元からは達したことを示す喘ぎが切れぎれに溢れて、それが次第に声を伴わなくなる。

やがて紘香の意識は精液の白濁に呑まれながら、ゆっくりとほどけて、溶け消えてしまうのだった。

エピローグ

生意気な女子中学生たちを逸物でしっかりとわからせてやった結果、平和な日々が戻ってきた。

——ということはなく、むしろ状況は悪いほうにエスカレートしていた。

ある昼下がり。空也は珍しく寮の仕事で先にこちらへ戻ってきていた。女子寮生の帰宅時間はだいぶ先で、リラックスした気分で仕事を続けていた。そんな矢先のことだ。

管理人室でパソコンと睨みあっていると、後ろからいきなり抱きつかれた。

「あはっ、空也っち先生、いたいた♪　お昼休みに職員室覗いてもいなかったからぁ、絶対こっちにいると思ったんだ。やっぱり先に戻ってきてる〜」

快活そうな笑顔を見せるのはブロンドアッシュの中学三年生ギャル、凛々菜だ。花開きはじめた女の魅力で、ふだんから空也を積極的に誘惑してくる。

今もＪＣの武器を最大限生かして、後ろから抱きついてきた。繊細な髪と柔らかな頰が後頭部に触れて、その魅力にどうしても心がざわめいてしまう。荒ぶる劣情を必死で抑えながら、空也はなんとか平静を保とうとした。

「なあ、ちょっと帰ってくるの早くないか。もしかして授業、抜けてきたのか？」

「うん、ビンゴっ♪　先生が戻ってきてると思ったから。せっかく二人きりでいちゃいちゃするチャンスじゃん。絶対、早退するって」

「いや、俺も教師なんだし、授業サボリをはっきり聞かされると困るんだよな……」

「ま、それはいいっこなしで。お互い、バレたら困る秘密があるわけだしぃ」

凛々菜は耳元でねちっこく囁きながら、わざとらしく息を吹きかけてくる。

このまま彼女を抱きかえして、奥の座敷でセックスしまくりたくなる衝動に駆られるが、それを教師の理性で必死に押さえこんだ。

いちおう、セックスで生徒の立場をわからせてやったはずだが、高圧的に迫ってこなくなっただけで、日常的なエッチのおねだりは変わらない。

性に爛《ただ》れた生活を送らないようにするために、高潔《こうけつ》な修行僧なみの自制心が求められるようになっていた。

「待てって、まだ昼間だろ。それにみんなが帰ってくる時間だしな」

「だから、いいんじゃん。アタシのおっぱい、嫌いじゃないのよね。うりうりっ♪」

凜々菜の柔らかな乳塊が肩口に押しつけられて、沈みこむような弾力が伝わってきた。繊細な髪先が首筋になんども擦れて、同時に甘いＪＣの匂いが鼻腔をくすぐってくる。昔の空也ならとうに理性を飛ばしていただろう。

「ほら、今日は忙しいんだから」

「けど、ここは大きくなってきてぇ、ちょっとウケるし♪」

「あ、こらっ。変なところ、スリスリするなって」

「はぁ～っ、オスってマジ悲しいよね。本能に逆らえないっていうか、きゃははっ」

含み笑いを漏らしながら、凜々菜のすらりと伸びた手指が股間を這いまわって、もはや仕事どころではない。屹立は一気にそり返って、先端が痛いほど張り詰めた。

凜々菜は窓の内カーテンを閉めて、ロビーへの視界を遮った。

と、そのときだ。

「ぜぇはぁ、はぁ……く、空也先生……やっぱりいましたぁ。すぐ戻ってきて正解でした。凜々菜さんの魔の手が迫ってると思ったんです」

「響。わざわざ走ってきたのか」

「だ、だって、三年の方に凜々菜さんが早退したって聞いて。体調不良なのにスキップしてたらしいですから」

そこにいたのは、制服のブレザーを愛らしく着こなした響だ。

背も低く、円らな瞳の中学一年生で愛らしい生徒だが、タータンチェックのキュートなミニスカの奥に、学園一可憐なおち×ちんを持っている。

「……はぁ～っ、響っち、そういうとこ敏感すぎ。せっかく先生と二人きりになれると思ったのにぃ」

少し思案していた凜々菜だったが、ぱっと顔をあげる。

「んじゃあ、こうしよっ。響っち、アタシ、それから空也っち先生で3Pとか」

「そ、そんな、でも、ボク……」

そう言いながらも彼は様子を窺うように、ちらちらと空也を見つめながら、太腿をもじもじとさせていた。顔は茹でダコのよう真っ赤で、ミイラ取りがミイラになったのは明らかだ。

「二人だけ抜け駆けなんて、ズルいです。私も空也先生とごいっしょしたいです」

管理人室に入ってきたのは絵理沙だ。自慢の艶やかな黒髪が濡れ羽色に輝いて、色っぽさはいまだに中学二年生とは信じられない。

「……いや、と、止めてくれよ」

「でも、今日は先生が寮に先に戻る日だってわかってましたから、私も急いで戻ってきたんです。そうそう、また新しいエッチなお薬、仕入れたんですよ」

絵理沙は言うなり、通学カバンから小さな瓶を取りだした。

「以前、凜々菜先輩にお渡しした媚薬の、さらに進化版です」

「あはっ、絵理沙っち、準備いい～♪　これでアタシらとケダモノセックスできるじゃん。JCとハーレムエッチなんて、先生、ちょ～役得だしっ」

凜々菜は絵理沙から媚薬を受けとると、蓋を取って飲みはじめた。

「それ……全部飲んだら、効きすぎるんじゃ――んっ、こらっ……んんッ!」

空也の話は凜々菜のキスで遮られて、そのまま口に含んだ媚薬をまた飲まされてしまう。

「んちゅ、ちゅッ、だから、先生にもおすそ分けぇ……んぶ、んちゅぶぅ……はふぅ～っ、ほら、先生も飲んじゃった……♪」

「……うう、また凜々菜のペースに嵌《はま》っちまった」

「んじゃ、みんな揃ったし、はじめちゃおっか♪　絵理沙っち、ドアの鍵、内側から閉めて。そしたら誰も入ってこないし」

絵理沙は頷くと、ドアを閉めて、管理人室の内側から施錠した。

「あはっ、これで密室完成。ほらぁ、空也っち先生、奥の部屋でセックス、セックスっ♪　い〜っぱい、セックスしよっ♪」

「いやいやっ、ノリ軽すぎだろ。こら、やめろって！」

空也はそう言いながらも凛々菜に手を引かれて、奥の畳敷きの部屋へ連れこまれた。

二人のあとを追って、響や絵理沙も入ってくる。彼女たちも頬を赤く染めていて、さっきの媚薬の残りを分けあって飲んだのだろう。

四人も入ると、奥の狭い部屋はいっぱいになってしまう。

「あはぁっ、先生。今日もいっぱいエッチに可愛がってね」

「だ、ダメです。ボクも可愛がってもらうんですから」

「私もお願いします。んんっ、空也先生はボリュームたっぷりのおっぱい大好きですものね」

三方向から発情しきった可愛い生徒たちに抱きつかれて、噎せかえるようなＪＣたちの甘酸っぱい匂いに包まれる。間近で吐息に嬲られるだけでもけっこうな刺激だ。

「ちょ、ちょっと……ん、んんっ」

制止するより早く空也の唇が凜々菜に奪われて、そこに絵理沙と響の柔唇が重ねられた。

「あふ、空也っち先生の唇、いただきッ♪　ちゅぱ、ちゅ、んちゅぶ、ちゅぱちゅぶぅ」

「あんんっ、はぁはぁ、空也先生、舌もお入れしますね。んれろ、れろろぉっ……」

「ボクも先生とエロキスぅ、いっぱいしたいです。んう、んちゅッ、ちゅぱちゅぶ」

三人の唾液で濡れた唇がいやらしく絡みついて、甘美な愉悦が溢れた。じゅぱじゅぱと淫猥な音が四つの唇で奏でられて、泡立った唾液が銀色に濡れ光る糸を幾本も引く。

吐息と蜜と快楽が混ざりあった極上のひとときを、空也は教師の立場も忘れて貪ってしまっていた。屹立はさらにきつくそそり立って、ズボンの前はパンパンに張った。

「先生のオチ×ポ、ガチガチです。んう、んううッ」

それに気づいた響はいち早くミニスカをたくしあげて、同じく勃起しきったショーツの膨らみを曝して、それを空也に擦りつけてきた。

身長差のあるせいか少し背伸びしながら股間を突きだしてくる姿が、ひどく愛らしい。

「あ、あふ、くふぅ……空也先生のもの、どんどん大きくなって、はぁはぁ、ボクのでよくなってくれて、うれしいです……んん、んんんッ……」

「くっ、くううッ……こら、響っ。そんなことしたら、俺も我慢できなくなって……んう、んううっ」

空也も響の淫らな腰づかいに引きずられるようにして、彼の愛らしいショーツに自分のそれを擦りつけてしまう。ズボンの中で怒張がさらにそり返って、先走り液が滲むのを感じた。

「響っちばっかり、ずるいって。先生のオチ×ポはみんなで共有しないと」

凜々菜がズボンのチャックを引き下ろすと、猛々しくそそり勃った剛棒は勢いよく飛びだして、響の竿を強く打った。

「あひぃんッ……」

爪先立ちになっていた響はその拍子にバランスを崩して、空也に倒れかかった。

「おっと……ととっ……」

響の身体を受けとめながら、空也は軽く尻餅をつく格好でへたりこんだ。そこへ凜々菜と絵理沙が襲いかかった。

「空也っち先生、このままオチ×ポに奉仕しちゃうねっ♪　んれろ、れろろっ」

「私もごいっしょいたします。んれろぉ、れろちゅば、ちゅぶ、ちゅぱちゅばっ」

天井を向いて隆々と聳え勃った太幹に双方から近づくと、キスしたり舐めたりと、凛々菜と絵理沙の二人で淫らな奉仕をはじめた。

「ボクも、です……」

さらに響もくわわって、ＪＣたちのトリプルフェラが繰り広げられる。艶かしく濡れ光った朱色の舌が口元から下品に突きだされて、それが切っ先を舐めまわしたり、鈴口の奥を掘るように突く。二つの舌がいっせいに亀頭へ絡んで、左右のエラが同時に舐めあげられた。

生温かな舌粘膜の感触とともに、吐息も三方向から吹きかけられて、その刺激に子種を噴きあげてしまいそうになる。

「んじゅぱ、ちゅば、ちゅぶれろぉ、空也っち先生のオチ×ポ、ビクビクしてぇ、ほらぁ、さっさと射精しちゃなって」

「れろ、れろろぉ、無理しないでください。思いきりびゅぐびゅぐって、生臭いザーメン、吐きだしてくださっていいんですからね」

「あふ、はふぅ、ボクは先生のタマタマぁ、たくさんはむはむしたり、ちゅぱ吸いしまふぅ。んぢゅぅ、ぢゅぅるる、あむはむぅ、んぢゅぅるるぅ。このまま出して、スッキリ

「ガンっとカバンがなにかに当たる音がしたが、憤った彼女が気にすることはない。」


気持ちよくなってください……んふ、くふぅ……」

淫欲にまみれた三人のフェラ奉仕の前に、切っ先からカウパーがとめどなく溢れて、陰嚢はきゅっと引き上がって吐精の準備を始めていた。

「んうう、そろそろ、だ、出すぞ――」

空也が白濁を吐きだそうとした、その瞬間、施錠してあったドアが開いた。

「あ、やっぱり、奥にいるのよね？　居留守使おうとしても無駄なんだから」

入ってきたのは義妹の紘香だ。カバンについたアクセサリや金具のガチャ音が響かせながら、ズカズカとこちらへ向かってくる。

ガンっとカバンがなにかに当たる音がしたが、憤った彼女が気にすることはない。

「お兄ちゃんがこそこそしてるときは、だいたい変なことしてるに決まって……」

そのまま奥の座敷に姿を現した紘香は三人の生徒たちにフェラされている空也の姿を見て、一瞬、凍りついた。

「え……またヤってるの……お兄ちゃん」

「いや、これは違うから。俺からじゃないし。だいたい、鍵閉めてるのに、どうして入ってこれるんだよ」

「私は寮長なんだから、なにかあったときのためにスペアの鍵は幾つか持ってるの。

それよりも、なにしてるのよ。昼間から、しかも私抜きでっ！」

紘香はカバンを置くと、制服姿のままフェラ中の三人に割って入ると、はぁはぁとケダモノのように息を乱して、舌舐めずりした。

「ダメだって、紘香。お前にまでフェラされたら、歯止めが効かなくなるから」

「こんなの見せられて、私だけ仲間外れなんてイヤだもん。だいたい、みんなもなによっ。私のお兄ちゃんなのよ。射精のお世話だって妹の私がするんだから、余計なことしないでよ。あむぅ、んちゅ、ちゅばちゅぶぅ、んんんっ！」

いっしょにフェラに耽っていた三人を押しのけて、紘香は有無を言わさず空也の怒張を咥えこむ。そのまま竿胴を深々と口腔内に収めると、すぐさま頭を大きく振って、ディープスロートしはじめた。

義妹が止めてくれるかと思ったが、とびきりキュートな淫獣が一匹増えただけだ。そして彼女が一番ひたむきにペニスを頬張っていた。

「んう、んううっ……紘香っ、どこでそんないやらしいこと、覚えたんだ」

「どこでっれぇ、ぜ〜んぶぅ、お兄ひゃんよぉ……こんらに私をドスケベにぃ、変えひゃったのは……あぶ、はぶぅ、んう、んんぶぅッ……」

紘香は唇をぎゅっと窄めながら、頭を小刻みに揺さぶって空也のエラをしごきたててきた。膣以上に淫らな紘香の口ま×こで、一気に射精寸前まで持っていかれる。

「空也っち先生、射精しそうなんだぁ。すっごく切なそうな顔して、あはぁ、アタシもいっしょに責めるねっ♪」

凛々菜は空也の股をぐっと押しあげて、ペニスの根元や玉袋を舐めはじめた。

「私も……んちゅ、ちゅぶ、あむはむぅッ……」

そこに絵理沙も追随《ついずい》する。

「ぼ、ボクはっ……先生のお尻の穴に奉仕させてください……んれろ、れろれるぅ、ちゅぴ、ちゅぱちゅぶぅ……」

響も空也の太股を押しやって、覗いた菊割れへ大きく突きだした舌先を這わせて、少しずつそこを解してきた。四つの舌胴がアナルから幹竿にかけてをねっとりと愛舐めしてきて、その極楽にしばし耽溺した。

だが、空也の下半身が先に悲鳴をあげた。JC四人同時にフェラ攻勢を受けて、強烈な射精衝動に襲われる。

「あく、あくぅッ……四人でいっしょにされたら、んう、んううぅッ……も、もうっ、で、出ちまうッ、んくぅッ、うっくうぅッ!」

精嚢を引き攣らせて、竿胴が吐精の予兆でビクンビクンと大きく律動した。そうして空也は大きく腰を跳ねあげてしまう。

「んぐぅ、んぐぐッ……お兄ひゃ……えう、えうう……げほごほっ、えうおッ……ぶふぅぅッ！」

喉奥を勢いよく突かれて、紘香は大きく嘔吐いてしまって、そのまま怒張が口腔から外へ飛びだした。

「くぅッ、くうううぅぅ――ッ!!」

そのタイミングで空也は下腹部に溜めこんだリキッドを高らかに放つのだった。太幹がビクビクと脈動させて、大量の白濁が噴きあがる。そのまま粘濁液の塊はフェラ奉仕していたJCたちの顔へ思いきり叩きつけられるのだった。

「あぶぅっ、すっごい量……空也っち先生ってば、ずっと我慢してたんだぁ……」

「んふ、はふぅ、空也先生のザーメンで、私の顔も髪も、眼鏡までドロドロになってしまいました。けれど、すっごくエッチで、もっとかけてほしいぐらいです……」

「んぶぅ、はぶぅっ、んんっ……ボクの顔にも、いっぱい精液かかって、ま、前が見えないです……」

「もう、お兄ちゃん、私のお口に出してくれたらよかったのに……ぜぇはぁ、はぁ、でも、オチ×ポミルクのぶっかけぇ、なんだかエッチぃ……」

精粘液まみれになったＪＣたちはいずれも陶酔しきった面持ちで、空也の顔射を受けとめる。そうして美貌を汚した白濁をそれぞれが指で拭って、れろりと舐めとったり、じゅるると啜ったりして、その匂いと味を堪能していた。

「あ……お兄ちゃんの汚れたオチ×ポ、このままお掃除してあげるからぁ、あむぅ……んぢゅ、ぢゅぅ、れろ、れろれぉ、ぢゅるるぅ……」

紘香は率先して空也の秘棒を咥えこむと、お掃除フェラを始めた。尿道に残った精のすべて啜り飲むと、舌で亀頭を丁寧に舐めしゃぶって綺麗にしていく。

「ぷはぁ〜っ……これで、全部、ピカピカだからぁ……はぁはぁ、はぁ……」

義兄のザーメンを浴び、さらにたくさん体内に納めて、紘香は大きく息を吐く。

「……でも、お兄ちゃんの精液、いつもと味が違ってぇ……飲んだらぁ、はぁはぁ、エッチな気持ちになっちゃって……これぇ、変なのぉ……」

そのまま彼女は精液で酔った感じになる。おそらく空也の飲んだ媚薬や今まで蓄積されたそれが、義妹をさらに発情させたのだろう。

（……紘香、凜々菜、絵理沙、響。みんな、めちゃくちゃエッチだぞっ）

教え子ＪＣたちは全身に白濁汁を浴びせられてドロドロだったが、うっとりとした顔で空也を誘ってくる。彼女たちの淫らな様子を見て、空也はすぐ力を取り戻した。

「よし、まずは響からだ。いいな」

「……はい、もちろんです……あんっ……」

そうして空也は興奮のままに目の前にいた響を引き寄せて、畳の上へ組み敷くと、仰向けのままでオスマ×コが見えるようにV字に太股を上げさせる。そのままちんぐり返しの状態で響の尻孔をひといきに貫いて、直腸をぐちゅぐちゅとほぐしていく。

「お、おおっ……みんなの前でこの格好、恥ずかしいですぅ。けど、あお、あおおッ、もっと突いて。お尻の奥、めちゃくちゃにしてほしいです。んう、んううっ……」

響は顔から火が出そうなほど真っ赤になったまま、空也のピストンをアナルで受けとめる。幾度も空也のペニスを呑みこんで、イカされつづけた腸腔はすっかりチ×ポの形と肛虐の悦びを覚えて、自然にキツく絡みついてきた。

「んうッ、んううッ、響のお尻は使いこむほどに、どんどんよくなっていくな。この締まりに吸いつき、最高のアナルだぞっ」

「おひ、おひぉッ……く、空也先生に褒められて、うれしいですけど、やっぱり恥ずかしいです。お尻の穴いっぱい犯されて、気持ちよくなっちゃってるとこ、見ないでぇ、んお、んおぅッ……」

全身で暴れ狂う羞恥に必死で耐えながら、響は尻孔絶頂へと昇っていく。

「響っち、大丈夫だって。恥ずかしがらなくても、アタシらもイカせてもらうからぁ。ほらぁ、空也っち先生、こっちもお願い……もう、じっとしてらんないからぁ……」

凛々菜は蕩けきった表情のままで、空也の顔の前へ自身の股間を持っていくと、シヨーツのクロッチを横へ大きくずらして、ぐしょ濡れま×こを見せつける。

そうして羞恥と興奮に息を乱しつつ、空也の鼻先に押しつけてきた。膣口に溜まった蜜汁がどぷどぷと零れて、口元をどろどろにされてしまう。

「んぶぅ、んんぶぅ……ああ、いいぞっ。響といっしょによくしてやるからな、んぢぅ、ぢぅるるぅッ」

空也は息苦しさを堪えながら、響と凛々菜へ同時責めを開始した。

響を組み敷いて彼のアナルをずちゅずちゅとさらに荒々しくかきまわしながら、眼前の凛々菜の蜜孔を吸ったり、舐めたりしてクンニで責めたててやった。空也の左右には紘香と絵理沙が発達した女体をむにゅむにゅと押しつけながら、おねだり奉仕してきていた。

「お兄ちゃん、響と凛々菜がイったら、次は私だから。わかってるよね、んふ、はふぅ、んちゅば、ちゅぶ、ちゅばちゅぶぅ……」

「私も、紘香先輩といっしょにお願いします。んふ、はふぅ、んんっ、れろ、れろろぉ。あふ、空也先生はお耳、敏感なんですね、ふ〜ってするだけでビクってされて、わかってしまいます」

二人は甘い吐息を幾度も耳に吹きかけてきたり、れろれろと耳を舐めしゃぶって、空也の官能を刺激してくる。

両耳に淫らな奉仕を受けながら、目の前にはぬかるんだ花弁がぐりぐりと押しつけられる。両耳は唾液で、正面からは愛液と、空也の顔はドロドロの甘い液汁まみれになっていた。

そうして舌で凛々菜の膣をかき混ぜて、溢れるジューシーな蜜を啜り飲む。馥郁とした膣の発酵匂で肺が満たされて、そのまま気を失ってしまいそうなほどだ。

「んふ、はふぅ……んぢぅ、ぢぅるるぅ、そらそらぁッ、響も凛々菜も、このままイカせてやるからなっ！　んん、んんんッ！」

空也は腰を激しく突きあげて響のS字結腸を抉りつつ、同時に凛々菜の膣を勢いよくバキュームしてやった。

その怒濤《どとう》の責めにすぐさま屈したのは響だ。彼はちんぐり返しのままで前立腺を責められて、力なくところてん射精を繰り返しながら、エクスタシーの高みへと押しあげられていく。

「んお、んおお、んっおおーッ……み、みんなに見られながら、ボクぅ、イクぅッ、アナルイキしちゃううぅッ、おっほぉおおぉぉ――ッ！」

響は引き締まった両腿と可憐なふぐりを小さく震わせながらメスイキをキメるのだった。空也はさらに凜々菜のクリトリスにしゃぶりつくと、そこを一気に吸いたてた。

「凜々菜もイケっ、んぢぅ、ぢぅるるるぅッ……」

「はひぃんッ……アタシもヤバっ、ヤバひぃッ……マジで激ヤバすぎてぇッ……んひい、ふひぃッ、んいひぃぃ……クンニでイグぅッ……くっひぃいいいぃ――ッ!!」

立ったまま果てた凜々菜は下腹部を痙攣させて、多量の愛液をぶしゅぶしゅと潮吹きするのだった。

「はぁはぁ、エッチにお潮、噴きあげひゃったぁ……さすがにアタシでも、これぇ、は、恥ずかしいかもぉ……はう、はうう……」

凜々菜は立っていられなくなったのか、膝からくずれる。空也は彼女の身体を支えて、脇へ寝かせた。

響もぐったりとなって、蕩けきったアヘ顔を見せたままだ。汗で横顔にツインテールの乱れた房が張りついたまま、直す余裕もないようだ。

「ねえ、お兄ちゃん、次は私たちだよねっ、んちゅぱ、ちゅぶ、ちゅばっ」

「はぁはぁ、私もいますから。忘れないでください」

媚薬が全身に回りきったらしい紘香と絵理沙は、空也の耳を左右から舐めしゃぶりながら、メスの性欲を剝きだしにして空也に迫ってくる。

「ちゅばちゅ、んちゅぶ、お願い、お兄ちゃんのオチ×ポちょうだいっ……」

「私も空也先生の逞しいもので、思いきり貫かれたいです……あむ、はむぅ……」

甘い囁きが流しこまれて、そのままチュバチュバと淫らに耳介が咀嚼《そしゃく》されて、耳孔がかき混ぜられた。

「……ん、んん……それじゃあ、二人とも、そこに並んで、順番にいくぞ」

「うん、お、お願いっ……」

「ああ、やっとですね。待っていました」

空也に言われて、紘香と絵理沙は制服ミニスカを捲りあげて、むっちり張った尻球を露にすると、それをいやらしく突きだしてきた。

「あんっ、あ、アタシも……まだぁ、はぁはぁ、大丈夫だからぁ……」

先ほど膣からいやらしく潮を噴いたばかりの凜々菜も紘香の隣へ並んだ。媚薬のせいで理性も体面もなにもかもが、性欲に支配されているのだろう。

でなければ、いくら淫らなＪＣといえども、ペニスを欲しがって尻を並べるなどありえないことだ。

三つのナマ尻が大胆に三つ並べられて、それぞれが淫らにヒップを揺さぶって、空也のペニスを求めていた。

「ビッチな凜々菜おま×こか。さて、ドスケベ妹の紘香おま×こ、それから大人の絵理沙おま×こに、と順番に犯すのもいいけど、どれからいくか?」

空也は左右にいる凜々菜と絵理沙のぷりぷりの艶尻を撫でまわしつつ、中学生らしい丸みの出始めた紘香の美尻をまじまじと観察する。

三人ともショーツの股部はぐしょ濡れだ。空也の品定めする視線を感じて、めいめいが股布を自発的に脇へずらして、幾分蒸れたメスの芳香《ほうこう》とともにぬかるんだ姫割れを露出させた。

そうして命じられているわけでもないのに、蜜液でテラテラと濡れ光る肉襞をくぱぁと指で拡げて、ぬかるんだ秘筒の奥を空也へ曝すのだった。

「あんっ、お兄ちゃん、まずは妹の私からだよね。いっぱいお仕置きセックスしてもらって、お兄ちゃんのオチ×ポの形、覚えちゃってるんだからぁ」

「私は、いかがですか? 外見は大学生や社会人って言われますけど、中学二年ですから、この三人の中では一番年下のきつきつロリま×こです。一生懸命、空也先生にご奉仕いたしますから」

「あ〜、二人とも急にアピりだして、ズルすぎっ。アタシのおま×こも、先生チ×ポでアクメさせられまくって教育的指導受けまくりだから、完全に空也っち先生専用ま×こだって。一回イって、中はぬるぬるのトロトロで最高の使い心地だよ」

三人のドスケベな求めを受けて、空也はしばし考えるものの、すぐに結論を出す。

「今日は特別に三人いっしょにしてやるぞ。むうんんッ！」

中央の紘香にそそり勃った屹立を突きこみながら、左右のＪＣの花弁に手指をあてがって、浅くかき混ぜていく。

「あぁあぁあぁッ……お兄ちゃんのぶっといの、入ってきてぇぇ……これを待ってたのっ……あひ、あひぁ、あはぁぁッ！」

「こっちはオチ×ポではなく、空也先生の指ですが、一気に三本も来てぇ……んひ、くひぃ、んいいっ……おま×この敏感なところ、ピンポイントで狙ってきてくださって、たまらなく気持ちいいですっ……」

「あ、アタシは、く、クリぃ、いっぱい撫でなでされて……そこ、よ、弱いのに、あひ、はひぃッ……らめぇ、らめらってぇッ！　ふっいいぃ——ッ！」

三人は空也の同時責めに双尻の膨らみを淫靡に波打たせて、あられもない声をあげる。秘溝からはだらしなく愛蜜が垂れ流されつづけた。

空也は三人の様子を見ながら、それぞれの責めのスピードを調整して、全員をオルガスムスの境地へ引きあげていく。ＪＣたちは恥も外聞も失って、メスの性欲を剝きだしにして乱れつづけた。そうして絶頂寸前まで追い詰められていった。

「お兄ちゃん、もうムリ、ムリだからぁ。い、イカせてぇッ」

「私もい、イキたくって仕方ありません。お願いっ、お願い致しますぅ」

「アタシも、生殺しはいや、いやぁ、クリイキさせてぇッ！」

可憐で淫乱な獣たちは自ら下腹部を空也の手や腰に擦りつけながら、半狂乱になってアクメをおねだりする。

「それじゃ、このまま三人いっしょにアクメさせてやるからなッ！　そら、そらそらっ」

責めを加速させて、同時に三人のＪＣたちを終局へと導いてやる。

「ああッ、あああッ……あっはぁあああぁぁ──ッ」

紘香、絵理沙、凜々菜の三人はエクスタシーの叫びを淫らに唱和《しょうわ》させながら、トリプル同時絶頂をキメるのだった。

そのままＪＣたちは畳の上にぐったりと崩れて、呂律の回っていない、意味不明の言葉を喘ぎ発しつづけた。先に果てていた響もまだ復活する様子はない。

空也もまた力尽きて、その場に膝から崩れた。性欲旺盛なＪＣたちを四人同時に相手にして、スタミナ自慢の体育教員といえども体力の限界だった。

と、背後で妙な物音がする。振り向くと、奥座敷の入り口には大勢の女子寮生が集まっており、部屋の様子を窺っていた。

「ま、まさか……お前ら、ずっと見てたのか？」

「うん……全館放送になってたから……」

女生徒が指差した放送設備は、例の全館放送ランプがともっていた。

（……まさか、紘香が怒って入ってきたときに）

気づいても、もはやあとの祭りだ。ちょうど下校時間ということもあって、一年生から三年生まで桃鷺寮中の女子生徒がそこに集まってきていた。

「先生っ。私も他のみんなも、エッチなことしたいです。教師なんですから、公平にお願いしますっ」

そう誰かが発言したのがきっかけとなって、無数の生徒たちがいっせいに管理人室へと雪崩《なだれ》こんできた。

「わわっ……待てっ、お、落ち着けってて……あぶぅ、んぶぅぅ……」

狭い室内はすぐに発情しきった女子中学生たちで満たされた。彼女たちは甘く芳《かぐわ》しいメスの香を身体中から立ちのぼらせながら、淫らな牙を剝きだしにして、空也へ襲いかかってきた。

暴走した若く美しい獣の群れを止める術はなく、襲いかかってきたＪＣの奔流に押し流されつつ、そのまま彼女たちの相手もすることになってしまうのだった。

（……ううっ、やっと平和な日々が戻ってくると、思ったのに）

新米教師として、女子寮管理人として——試練の日々は今後もしばらく続きそうだ。

◉新人作品**大募集**◉

マドンナメイト編集部では、意欲あふれる新人作品を常時募集しております。採用された作品は、本人通知のうえ当文庫より出版されることになります。

【応募要項】 未発表作品に限る。四〇〇字詰原稿用紙換算で三〇〇枚以上四〇〇枚以内。必ず梗概をお書き添えのうえ、名前・住所・電話番号を明記してお送り下さい。なお、採否にかかわらず原稿は返却いたしません。また、電話でのお問い合せはご遠慮下さい。

【送付先】 〒一〇一-八四〇五 東京都千代田区神田三崎町二-一八-一一 マドンナ社編集部 新人作品募集係

僕専用ハーレム女子寮《ぼくせんようはーれむじょしりょう》 ナマイキ美少女に秘蜜の性教育《なまいきびしょうじょにひみつのせいきょういく》

二〇二二年 六月 十日 初版発行

著者◉澄石 蘭【すみいし・らん】

発行◉マドンナ社
発売◉二見書房
東京都千代田区神田三崎町二-一八-一一
電話 〇三-三五一五-二三一一（代表）
郵便振替 〇〇一七〇-四-二六三九

印刷◉株式会社堀内印刷所 製本◉株式会社村上製本所 落丁・乱丁本はお取替えいたします。定価は、カバーに表示してあります。
ISBN978-4-576-22070-3 ◉ Printed in Japan ◉

Madonna Mate